Ernst von Wolzogen

Die Gloriahose

und andere Novellen

Ernst von Wolzogen: Die Gloriahose und andere Novellen

Erstdruck dieser Zusammenstellung: Berlin, Buchverlag fürs Deutsche Haus, 1908

Neuausgabe
Herausgegeben von Karl-Maria Guth
Berlin 2019

Der Text dieser Ausgabe wurde behutsam an die neue deutsche Rechtschreibung angepasst.

Umschlaggestaltung von Thomas Schultz-Overhage unter Verwendung des Bildes: Piotr Pan t'Alon, Der Hosenboden, 2019

Gesetzt aus der Minion Pro, 11 pt

Die Sammlung Hofenberg erscheint im
Verlag der Contumax GmbH & Co. KG, Berlin
Herstellung: BoD – Books on Demand, Norderstedt

ISBN 978-3-7437-2968-1

Bibliografische Information der Deutschen Nationalbibliothek

Die Deutsche Nationalbibliothek verzeichnet diese Publikation in der Deutschen Nationalbibliografie; detaillierte bibliografische Daten sind im Internet über www.dnb.de abrufbar.

Inhalt

Die Gloriahose

Eine thüringische Pastoratsgeschichte

»Frau, Frau!«, rief der Pfarrer Kannepich ganz aufgeregt in die Küche hinein. »Gib dem Boten einen Bittern, 's ist ein Brief gekommen – vom hohen Kirchenregiment.«

Die Frau Pfarrerin stand eben am Waschfass und wusch die Windeln des Jüngsten aus. »Ein Brief!«, rief sie und riss vor Schreck die Augen weit auf. Und dann trocknete sie sich die Hände oberflächlich an der Schürze, rieb die bloßen Arme auf ihren Hüften ab und nahm aus den zitternden Fingern ihres Mannes das gefährliche Schreiben entgegen. Sie drehte es nach allen Seiten hin, betrachtete bald das große Amtssiegel, bald die Adresse und reichte es endlich vorsichtig wieder zurück: »'s ist wirklich an dich, Kannepich – na, da werd' einer klug draus!«

Damals, vor sechzig Jahren ungefähr war es, kam der Briefbote nur gar selten in das abgelegene Dörfchen hoch oben im Thüringer Wald, wo der hochwürdige Gotthilf Kannepich Seelsorger war. Der gute Mann hatte absolut gar keine Korrespondenz, nicht die geringsten Beziehungen zur Außenwelt und kaum irgendwelche zu seinen kirchlichen Behörden, die ihn seit einer ganzen Reihe von Jahren in seinem toten Winkel schier vergessen zu haben schienen. Das war ihm auch sehr recht so, denn er hatte einen wahrhaft kindlichen Respekt vor allem, was mit der hohen Obrigkeit, sei es geistliche oder weltliche, zusammenhing, und kam sich ihr gegenüber stets etwas armsündermäßig vor, denn er war sich wohl bewusst, dass er weder ein Schriftgelehrter, noch ein Gewaltiger des Wortes, noch ein Heiliger sei und überhaupt nicht eine einzige imponierende Eigenschaft besitze – es sei denn seine Eigenschaft als Vater von sieben unvermählten Töchtern. Aber in seiner Einfalt und Demut war er ein guter Christ, und er hatte eine eigene Art, den Leuten tröstend zuzureden, und wurde von ihnen hoch verehrt wegen seines Verständnisses für alle Leiden des lieben Viehes.

Nachdem der Briefbote seinen Bittern genossen und sich verabschiedet hatte, eilte die Pfarrerin in ihres Mannes Stube. Anna und Lieschen, die sechs und vier Jahre alten Töchterchen, hatten sich an ihren Rock gehängt und mit hineinschleppen lassen: Lore, die fünfzehnjährige, kam mit der Jüngsten auf den Armen nach, und alle starrten bestürzt den alten Vater an, der mit dem geöffneten Schreiben ganz geknickt in seinem Lehnstuhl sah.

»Modice, Modice, Modice!?«, seufzte der Pastor mit verzweifeltem Frageton vor sich hin.

»Was ist's denn? Lieber Himmel, Kannepich, du bist ja ganz blass!«, rief die Frau und stützte ihre derben Fäuste auf den Tisch, indem sie sich zu ihrem Gatten hinüberbeugte.

»Modice will er haben, Frau. Weißt du nicht, was Modice ist?«

»Wer denn?«

»Der neue Supperdent kommt zur Visitation am Sonntage. Modice will er haben, schreibt er.«

»Ist das was zum Essen?«

»Freilich, freilich!« Und der arme Pastor kratzte sich die Bartstoppeln gegen den Strich, wie er immer zu tun pflegte, wenn er in Verlegenheit war. »Weiß denn keins, was das ist?«

»Vielleicht der Herr Kandidat«, wagte Lore nach einer längeren Pause schüchtern zu bemerken.

»Der Herr Kandidat! Immer der Herr Kandidat«, brauste der Alte auf. »Ich will von dem Windbeutel ein für alle Mal nichts wissen.«

»Aber Mann, der Herr Kandidat ist doch bei dem Grafen in Weimar Hauslehrer gewesen, der kennt gewiss alle die feinen Modegerichte, und vielleicht kennt er gar den neuen Supperdenten selber.«

Der Pastor kratzte immer aufgeregter mit dem Rücken seiner Rechten gegen seine Stoppeln. Was die Frau gesagt hatte, war ganz richtig; er hatte selbst gleich an den Kandidaten gedacht, aber – er zog seine Frau in die Fensternische und sagte ganz kleinlaut: »Siehst du, Luise, ich hab' ihm doch vor ein paar Tagen erst den Pelz gewaschen wegen seinem heimlichen Karessieren und Scharmieren mit unserem Dortchen und hab' ihm gesagt, dass er sich nicht unterstehen soll ...«

»Du wirst's ihm schön grob gegeben haben, dem armen, lieben Menschen«, fiel ihm die Pastorin erregt ins Wort. »Wir haben doch, weiß der liebe Himmel, die Freier so nötig wie's liebe Brot, hier oben mit unseren Sieben. Ich möchte wissen, worauf du noch warten willst für unser Dortchen, und Malchen könnte auch schon daran denken.«

»So bist du nu, Luise«, unterbrach der Pfarrer ihren Redefluss und wendete seufzend die Augen gen Himmel. »Guck doch, wie die Kinder horchen. Geht 'naus, Kinder. – Ich werde doch mein gutes Dortchen nicht einem jungen Sausewind geben, dem noch weit mehr Studiosenunfug als Gottes Wort im Kopfe steckt und der noch lange laufen kann, bis er zu Amt und Würden kommt. Über alte Leute lachen und mit seines Pfarrers Töchtern Heimlichkeiten anzetteln, das kann er, aber ...«

»Siehst du, Kannepich, siehst du. Wer wird hitzig von uns beiden, wer redet, was nicht hergehört? Und was du da sagst, dass er Gottes Wort nicht im Kopfe hätte, das ist auch gar nicht wahr, denn er hat neulich, wie du das Zipperlein hattest, so herzbeweglich gepredigt, dass nicht einmal die alten Weiber eingeschlafen sind, und mein Dortchen ist heimgekommen und hat geweint und gesagt: ›Mutter, es wär' unverdiente Gnade, wenn ich den Johannes kriegte, aber einem andern Manne könnt' ich um nichts in der Welt wieder so gut sein!‹ Das hat sie gesagt.« Und die Frau Pastorin hätte noch lange nicht aufgehört, wenn nicht plötzlich die Tür aufgeflogen, und die zweite Tochter, Malchen, mit erhitztem Gesicht hereingelaufen wäre.

»Vater«, flüsterte sie, noch halb atemlos. »Der Johannes, der Herr Kandidat, ist wieder mit der Doris im Garten, und sie knutschen sich und küssen sich ab, dass es eine Schande ist.«

»Ei du!«, rief der gute Pfarrer und versuchte, sehr grimmig dreinzuschauen. »Da haben wir's! Soll ich jetzt vielleicht 'nausgehen und ihn schön bitten, wenn er sich an meinem Dortchen satt geschmatzt, mich gefälligst anzuhören und mir einen guten Rat zu geben?«

»Ist ja auch nicht nötig, es wird dir schon noch selbst einfallen, was Modice ist«, versetzte seine Gattin nicht ohne Schärfe und warf dem Malchen einen bösen Blick wegen ihrer Zuträgerei zu, die gerade zur unpassendsten Zeit gekommen war. Darauf schritt sie sehr eilig hinaus und warf die Tür hinter sich.

»Modice!«, rief der arme Pastor in heller Verzweiflung ihr nach. »Modice! 'naus, Malchen, du Klatschbase, und dass du dich nicht mehr aus dem Hause rührst, bis ...« Er wies mit strengem Blick nach der Tür, und Malchen, die den Vater nie so ernstlich böse gesehen hatte, begann vor Schreck zu weinen, als sie hinausging.

»Ach, diese Visitation! Modice – ich muss es wissen«, jammerte der alte Herr vor sich hin, setzte in der Eile das Käppchen schief auf und lief sporenstreichs zum Hause hinaus, das verhängnisvolle Schreiben noch in der Hand haltend.

Der Garten war durch eine Mauer vom Hofe des Pfarrhauses getrennt. Vor dem offenen Tore derselben blieb der Pastor eine Minute lang sinnend stehen. Dann nahm er eine große Prise, trat in den Garten, schlug den einen Torflügel zu, dass es dumpf krachte, und begann dann plötzlich laut, mit etwas zitteriger Stimme, zu singen: »Mein erst Gefühl sei Preis und Dank ...«

Da leuchtete ja Dortchens helles Kleid hinter den Haselsträuchern. Der Herr Pfarrer blieb stehen, wandte den Haselsträuchern den Rücken und sang in die blaue Luft hinauf: »Erhebe Gott, oh Seele«. Hea-a-tschi! Ein erschütterndes Niesen unterbrach den frommen Morgengesang. Und dann zog er sein baumwollenes Sacktuch hervor und ließ mit Anstrengung aller Kräfte volltönende, langandauernde Trompetenstöße erschallen. Darauf wendete er sich vorsichtig wieder nach der Richtung der Haselsträucher um. Richtig, sie waren fort und hatten ihre Zeit wahrlich gut benutzt, denn schon im nächsten Moment kam der Herr Kandidat, Johannes Möbius, ganz harmlos vom Hause her auf den hochwürdigen Papa Kannepich zugegangen.

»Schönen guten Morgen, Herr Pastor. Ich hörte Ihren Morgengesang und erlaubte mir einzutreten, um ...«

»Servus, Servus, Herr Kandidat. Ist mir eine rechte Freude, dass Sie mich einmal besuchen. Wir können ja gute Freunde bleiben, nicht wahr, wenn das auch mit meiner Ältesten ... na, wir wollen nicht davon sprechen.«

»Ich komme eigentlich, um mich zu verabschieden. Ich will mich nämlich wieder nach einer Hauslehrerstelle umtun, da auf eine Anstellung noch keine Aussicht ist, und meinen Eltern hier möcht' ich auch nicht gern länger zur Last fallen.«

»Ach, Sie wollen schon wieder fort, lieber Möbius? Das tut mir aber leid! Hören Sie, über den Sonntag müssen Sie aber noch bleiben, da kommt der neue Herr Supperdent zur Visitation und bleibt bei uns die Nacht.«

»Ei, wirklich, Herr Pastor!«, rief Johannes, und es blitzte übermütig in seinen hübschen, blauen Augen auf. »Der Herr Doktor Schneckenfett, nicht wahr? Den kenn' ich schon von Weimar her. Ein sehr gelehrter Herr und ein strenger Herr soll er sein, ein sehr strenger Herr, der's in allen Dingen gar so genau nimmt. Na, Herr Pastor, bei Ihnen hat's ja keine Not, Sie werden wegen dieser Visitation schon ruhig schlafen können.«

Oh weh, wie wurde dem armen, alten Pfarrer bei dieser Nachricht zumute! In seiner Aufregung überhörte er ganz den Spott, der wohl in den letzten Worten des mutwilligen Kandidaten liegen sollte, und bemühte sich nur, unbefangen zu lächeln.

»Freilich wohl, freilich wohl«, sagte er. »Übrigens, da, lesen Sie selbst, was er schreibt«, und er reichte dem jungen Manne den Brief hin. Aufmerksam beobachtete er die Züge des Lesenden, die jedoch ganz ruhig blieben. Gleichgültig, mit einer kleinen Verbeugung, gab jener das Schreiben zurück.

Der Herr Pastor hatte ein wenig Herzklopfen, aber es musste heraus. Er räusperte sich stark und fragte dann mit einem unsicheren Aufblick: »Haben Sie's denn vielleicht schon einmal gegessen?«

»Gegessen?«, gab der Kandidat mit ungeheucheltem Erstaunen zurück.

»Nu ja, hier steht's doch.« Und er faltete das Blatt wieder auseinander und las: »Wenn ich bezüglich des Essens einen Wunsch aussprechen darf, so sei es der: *modice*! Es ist mir so vielfach bei meinen Visitationen vorgekommen, dass die Herren in einer Weise üppig auftischten, wie es weder meinen bescheidenen Ansprüchen noch ihren Verhältnissen angemessen erschien. Darum *modice*, lieber Herr Amtsbruder, nicht wahr: *modice*!«

Es kostete den Kandidaten gewaltige Mühe, dem guten Alten nicht laut ins Gesicht zu lachen. Dass eines Pfarrers Latein einmal so gänzlich zu Ende sein könnte, dass er nicht wusste, dass *modice* »mit Maßen« hieß, hätte er nicht für möglich gehalten. Aber das war doch eine zu prächtige Gelegenheit, dem alten Papa für seine Hartherzigkeit in Sachen Dortchens einen kleinen Streich zu spielen, als dass er sie sich hätte entgehen lassen können. Er setzte also eine möglichst ernsthafte Miene auf und sagte: »Modice? Ach richtig – jawohl, freilich – das ist ja das neue Gericht, das in Weimar bei Hofe jetzt so Mode ist. Die Frau Großherzogin muss es ihrem Manne immer zum Geburtstage kochen. Kalbskopf in Sahne gebraten ist das; ich hab's bei meinem Grafen auch manchmal gegessen. Delikat, sage ich Ihnen, Herr Pastor. Ich habe mir das Rezept von dem gräflichen Koch geben lassen. Ich muss es noch zu Hause haben; soll ich's abschreiben für die Frau Pastorin?«

»Ach ja, bitte, lieber Möbius; Sie täten mir einen großen Gefallen damit. Nicht wahr, man will's doch seinem Vorgesetzten recht gern gemütlich im Hause machen, und wenn so ein Herr seinen aparten Geschmack hat und obendrein drum bittet. Menschliche Schwäche, lieber Möbius. Eine feine Küche gehört freilich nicht zu einem guten

Seelsorger, aber nu ja … sehen Sie, so ist der Mensch nu mal – wir haben alle unsere kleinen Schwächen.«

»Ja, und deine ist das Latein«, dachte Johannes und versprach, das Rezept sofort abzuschreiben und in die Pfarre zu bringen.

»Kalbskopf in Sahne!«, murmelte der Pastor und rieb sich vergnügt die Hände. »Ein strenger Herr soll er sein, ein sehr strenger Herr – aber wenn er sein Modice in Sahne gebraten kriegt –«

Das liebe, blonde Dortchen hatte von der Mutter schon Malchens Verrat erfahren und war auf das Schlimmste vorbereitet. Es stand am Herd und kochte und wischte sich immer ein Tränchen nach dem andern von den gesunden, roten Wangen. Da kam der Vater mit ungewöhnlich raschem, festem Schritt in die Küche und rief freudestrahlend: »Kalbskopf in Sahne!« Und dann erzählte er sein ganzes Gespräch mit dem jungen Möbius und tätschelte währenddessen sein schämiges Dortchen fortwährend auf die Backen.

Und nach kaum einer halben Stunde war auch der Kandidat wieder da mit dem Rezept in der Hand, noch nass von der Tinte. Dortchen guckte durch die Türspalte und sah, wie ihm der Vater mit ausgestreckten Händen entgegenging. »Mein lieber, junger Freund!«, sagte er. Da schlug Dortchens verliebtes, achtzehnjähriges Herz so stark vor Freuden, dass sie einen leisen, sehr hohen Jubelschrei ausstieß und ganz vergaß, Malchen die Augen auszukratzen, wie sie sich doch fest vorgenommen hatte.

Bald darauf, der Kandidat hatte sich wieder empfohlen, fanden sich alle neune zum Mittagessen zusammen. Vater, Mutter, Dortchen, Malchen, Lorchen, Klärchen, Anna, Lieschen und das allerkleinste, Gretchen in seiner Wiege, war auch dabei. Aber der Vater war auffallend ernsthaft und schweigsam, trotzdem sich das große Modicerätsel so glücklich für ihn gelöst hatte. Die Frau Pastorin fragte zwar mehrmals, was ihm denn sei, bekam aber nur ein ernstes »Warte nur!« zur Auskunft.

Nachdem das Gebet gesprochen worden, sagte der Pfarrer wichtig: »Kinder, geht 'naus. Dortchen, Malchen bleibt da.«

Dortchen wurde ganz rot und zitterte. Malchen freute sich, dass es nun am Ende doch noch für das Stelldichein hinter den Haselbüschen etwas setzen würde. Aber nichts dergleichen.

»Hört mal«, begann der Alte und schritt bedächtig im Zimmer auf und nieder, »da hat mir der Kandidat von dem neuen Herrn Superintendent Sachen erzählt, dass einem ...« Der Stoppelbart kratzte fürchterlich! – »So einen gestrengen Herrn haben wir noch nicht im Kirchenregiment gehabt.« Er seufzte. Die Mutter und die Mädchen sahen sich ängstlich an.

»Kinder, ich bin ein bescheidener Mann, ich weiß nicht, ob meine Predigten gut oder schlecht sind und ob ich damit vor dem Herrn Superintendenten bestehen werde. In eine schlechtere Stelle kann er mich nicht versetzen lassen, denn das hier ist, Gott sei Dank, die schlechteste im Lande, und wie ich darauf auskomme und euch sieben durchbringe, das weiß nur Gott und meine Luise.« Er trat vor seine Frau und drückte ihr die beiden Hände. Es war sehr feierlich und ängstlich, und die beiden großen Mädchen waren nahe daran, vor Rührung zu weinen.

»Na, aber wisst ihr, Kinderchen«, fuhr der Alte fort, »wie ich immer sage: Nur immer heiter, der Herr hilft weiter! Wenn ich dem gelehrten Herrn auch zu einfältig predige, soll's ihm doch wenigstens bei uns im Hause gefallen – und dabei müsst ihr mir helfen. Bei einem guten Essen kann man schon einmal eine schlechte Predigt vergessen ...«

»Kannepich«, fiel hier die ungeduldige Frau Pfarrerin ein, »könnten wir ihm nicht seinen Kalbskopf vor der Kirche auftragen?«

»Aber Luise!«, rief der Pastor aus und sah seine Frau mit mildem Vorwurf an. »Mit vollem Magen in die Kirche gehen? Nein, meine Predigt, mag sie werden, wie sie will, muss er nüchtern hören. Kocht mir nur das Modice genau nach dem Rezept, Kinder, das wird ihm dann schon schmecken! Und dann auf den Abend ...« Er stockte, er lachte kurz auf, kratzte sich im Bart und fuhr dann fort: »Nein, was es doch für närrische Menschen gibt! So vornehme Herren haben doch zu merkwürdige Grillen im Kopfe. Denkt euch, der Möbius, der den Herrn Supperdenten von Weimar her ganz genau kennt, hat mir erzählt, er hätte eine Passion für – ihr werdet mir's nicht glauben, Kinder, aber der Kandidat hat mir's selber erzählt, er wäre auch im ganzen Lande dafür bekannt – er hätte eine närrische Passion fürs – Lichtputzen!«

»Fürs Lichtputzen?!«, riefen die drei Zuhörerinnen erstaunt.

»Ja, fürs Lichtputzen. Ein komischer Herr, nicht wahr? Aber wenn er abends in seiner Studierstube sitzt und recht gelehrt zu arbeiten hat, dann müssen sie ihm immer eine halbe Mandel Lichter auf den Tisch stellen, und wenn dann die Schnuppen so recht schön lang geworden sind, so richtige Räuber, dann macht er sich mit der Lichtputzschere darüber, und das macht ihm solchen Spaß, dass er davon immer die beste Laune und die tiefsten Gedanken kriegt.«

»Herrjechen, nein!«, rief die Pastorin und schlug die Hände zusammen.

»Na, da!«, sagte Malchen.

Dortchen allein schwieg und machte ein verlegenes Gesichtchen, denn ihr stiegen plötzlich Bedenken auf gegen die Wahrscheinlichkeit einer so überaus »närrischen Passion« – zumal für einen gelehrten Superintendenten. Sollte nicht ihr lieber Johannes sich einen etwas gewagten Scherz mit ihrem guten Papa erlaubt haben? Dortchen war gar nicht so dumm, wie sie es hätte sein dürfen als hinterwäldische Pfarrerstochter mit ganz wenig mehr als Dorfschulbildung. Seit sie ihren Kandidaten hatte predigen hören, merkte sie auch wohl, dass ihr alter Vater doch gar kein Redner vor dem Herrn war, und dass er klugen Stadtleuten wohl etwas einfältig vorkommen mochte. Aber sie liebte ihn trotzdem inniger, als die anderen Mädchen und war um sein Wohl besorgter als alle. Sie beschloss, ihren Liebsten bei nächster Gelegenheit gehörig ins Gebet zu nehmen. Finden wollte sie diese Gelegenheit schon, auch wenn sie Vater und Mutter darum ungehorsam sein musste.

Es wurde nun eifrig Rat gehalten, wo und wie der Herr Superintendent unterzubringen sei, was alles zum Essen angeschafft werden musste, wie viel Talglichter zu kaufen seien und so weiter. Und dann wurden die Kosten berechnet und geseufzt und der Bart gekratzt und überlegt, was man sich fürs nächste Halbjahr für Entbehrungen aufzuerlegen habe, um die unvorhergesehene Ausgabe zu decken.

Und als dies schwere Stück Arbeit erledigt, die Rollen verteilt und die Frauen an die Ausführung gegangen waren, da schloss sich der hochwürdige Pfarrer Kannepich in sein Stübchen ein, nahm eine Prise nach der andern und überlegte, worüber er an dem Schreckenstage vor dem gelehrten Doktor Schneckenfett predigen sollte. Von seinen zweiundfünfzig fertigen Sonntagspredigten, die er Jahr für Jahr wieder aufwärmte, bestand keine vor seiner Selbstkritik. Er wollte es einmal mit einem freien Texte versuchen, nahm die Bibel vor und blätterte stundenlang mit nassem Finger darin, ohne etwas zu finden, worüber er sich etwas Besonderes zu sagen getraute. Endlich ging er verzweiflungsvoll in den Garten hinaus und grub im Schweiße seines Angesichts ein Stück Land um. Dabei fiel es ihm endlich ein, worüber er predigen wollte und auch gleich die Einteilung dazu in fünf Teile, ganz neu und erbaulich. Nun schloss er sich wieder ein, arbeitete das Thema aus und legte sich abends nicht eher zu Bett, als bis er fertig war. Er schlief etwas unruhig die Nacht, denn er träumte von Kalbskopf in Sahne und von qualmenden Talgschnuppen und vom Doktor Schneckenfett mit der Lichtputzschere. Und dann kam der grimmige Superintendent und schnitt dem Kalbskopf *à la modice* mit der Lichtputzschere die Zunge heraus. Es war sehr schrecklich, aber trotzdem schlief der hochwürdige Gotthilf Kannepich gerade hierüber ein.

Der furchtbare Sonntag war gekommen, die Bewohner der Pfarre seit dem frühesten Morgen in Aufregung und Geschäftigkeit. Der Pfarrer allein, der doch am aufgeregtesten war, stand heute später auf als sonst, weil er bis zu ungewöhnlich später Stunde seine Predigt memorierte und danach lange nicht hatte einschlafen können. Es war bereits acht Uhr vorbei, als er erst zum Rasieren vor den Spiegel trat. Hätte ihn sein Dortchen nicht zum Glücke beim Morgenkuss noch auf seinen grässlichen Stoppelbart aufmerksam gemacht, so hätte er's in der Verwirrung vielleicht ganz und gar vergessen. Er hatte sich eingeseift und kratzte mit dem herzlich stumpfen Messer zum Erbarmen auf seiner linken Wange herum, als er zu seinem Schrecken im Hausflur erst das Aufkreischen, Stürzen, Drängen, Schelten und Flüstern der Weiberschar und gleich darauf die volltönende tiefe Stimme des Superintendenten vernahm. Die Hand mit dem Messer sank dem armen Pastor zitternd herab, in den steifen, weißen Schaum der linken Backe bohrten sich langsam die ersten trägen Blutstropfen hinein. Hilf, Himmel, da stand er in Hemdsärmeln, schwarzsamtenen Kniehosen, geflickten Strümpfen und Pantoffeln und wusste nicht aus noch ein. Sollte er ins Nebenzimmer laufen und hinter sich zuriegeln? Aber nein, von da gab's keinen andern Ausgang, und die Frau hatte den guten Rock noch zum Ausbürsten draußen. Oder sollte er sich nur den Schaum abwischen und sich durch die Türspalte entschuldigen?

Während er noch überlegte, trat der gestrenge Herr Doktor Schneckenfett, von der knicksenden Hausfrau geleitet, auch schon über die Schwelle und ohne Weiteres auf den sich verlegen hin und her drehenden Kannepich zu. Ehe er noch ein Wort der Entschuldigung und Begrüßung zu stammeln vermochte, dröhnte ihn bereits der saftige Bass des Kirchenhäuptlings gemütlich an: »Keine Entschuldigung, lieber Amtsbruder, keine Entschuldigung! Ja, Sie haben wohl nicht gedacht, dass ich so früh hier heraufkommen würde in Ihre Einsamkeit? Ich bin ein Frühaufsteher, Herr Amtsbruder, und halte Fuhrmannsstunden im Sommer.«

Der arme Pfarrer glaubte aus den letzten Worten einen Vorwurf für sich herauszuhören und verbeugte sich linkisch einmal über das andere. Er stotterte ungeschickte Entschuldigungen über den wenig feierlichen Empfang – immer noch das Rasiermesser zwischen den zitternden Fingern und ohne dem hohen Gaste die Hand zu bieten. Er bemerkte plötzlich, dass die Tür weit offen stand und in derselben seine Frau, in gleichfalls unvollendetem Anzug, und hinter ihr die lebende Mauer der sieben Töchter, alle mit ängstlichen Augen, vorgestreckten Hälsen und offenen Mündern. Das vermehrte noch die Verwirrung des Ärmsten, er kam sich wie am Pranger stehend vor. Da winkte er halb ärgerlich, halb betrübt mit dem Messer gegen die Tür und rief leise das Wort, das er seit langen Jahren täglich unzählige Mal zu wiederholen genötigt war: »'naus, Kinder!« Und der Mutter, welche erschrocken mit kehrt machte, rief er noch nach: »Luise, mein Rock!«

»So, Herr Amtsbruder«, dröhnte der Superintendent in seinem jovialen Forte, »nun lassen Sie sich nicht stören: Bringen Sie ihr Grummet trocken herein, ehe wir in die Kirche gehen – hahaha!«

Sein donnerndes Lachen dünkte dem verschüchterten Kannepich vollends fürchterlich, und aus allen seinen harmlosen Scherzreden meinte er etwas ironisch Bedrohliches herauszuhören. Aber er begann, sich endlich mit Todesverachtung durch die zähe Kruste der halb eingetrockneten Seife mit seinem stumpfen Messer hindurchzuarbeiten. Der Herr Doktor Schneckenfett putzte indessen seine goldene Brille und plauderte munter fort, während er mit großen Schritten, unter denen die alten Dielen krachten – ebenso wie von seinem donnernden Bass die Kalksplitter sich von der Decke lösten –, in dem engen, ärmlichen, fast bücherlosen Studierzimmer auf und ab ging. Er erzählte sehr nett und liebenswürdig, wie er es in den schon besuchten Pfarreien seiner Diözese gefunden, und wie man ihn aufgenommen habe. Er war eben dabei, seinem Entzücken über die Schönheit des Thüringer Waldes, den er bei dieser Gelegenheit bereist hatte, Ausdruck zu geben, als er plötzlich verstummte, stutzte und den durchbohrenden Blick seiner großen, runden Augen mit olympischem Stirnrunzeln auf – dem Hosenboden seines Amtsbruders haften ließ. Der elende, kleine Spiegel, vor dem jener sich rasierte, konnte ihm das Gebaren des Superintendenten nicht verraten und da er gerade an der scharfen Wendung des

Kinnes, der gefährlichsten Stelle, angelangt war, so überhörte er auch das Knacken der Kniegelenke seines hohen Gastes, welcher eben dicht hinter ihm niederhockte, seine Brille auf die Stirn schob, um näher sehen zu können, und dann mit vor Erstaunen wirklich gedämpfter Stimme von der Hinterseite der schwarzen Samthose die Worte ablas: »*Gloria in excelsis Deo!*« Wehe! Da stockte das kratzende Messer in der Hand des unglücklichen Pfarrers, und ein zweites, klebriges Blutbächlein suchte sich sein Rinnsal in der runzeligen Pergamenthaut seines trübseligen, biederen Bauerngesichtes. »Ei du mein, gucke da«, rief der Ärmste, »da hat mir meine Luise doch richtig die Gloriahose hingelegt.«

»Die Gloriahose?!«, fragte der Superintendent, indem er sich langsam aufrichtete.

»Ja, so nenn' ich sie immer«, antwortete kleinlaut der Pastor, während er sich mit dem alten, zerrissenen Handtuch den Schaum vom Gesicht tupfte. Er war jetzt fertig mit der schwierigen Operation und stand gebeugten Hauptes mit bekümmerten Augen vor seinen großgewaltigen Vorgesetzten, der die vollen Lippen in die Breite zog und offenbar Mühe hatte, seine Lachlust zu bekämpfen. »Gucken Sie, Herr Supperdent«, erzählte er in rührender Verlegenheit, »wenn eins hier oben in dem armen Lande mit sieben Kindern sitzt, die alle essen und trinken und angezogen sein wollen, da hat's manchmal seine liebe Not, und die Frau kommt aus dem Flicken und Drehen und Wenden das ganze Jahr nicht 'raus. Und wie nun vorig' Jahr hier zu ihrer goldenen Hochzeit eine wohlhabende Bauersfrau eine neue Altardecke in die Kirche stiftete, da ließ ich die alte verauktionieren, weil sie schon gar zu schlecht war, und hab' sie dabei billig selbst gekauft, weil sonst nur noch ein alter Tagwerker darauf bot. Na, und – gucken Sie, Herr Supperdent, meine Luise versteht alles so schön – da hat sie mir davon ein paar Kniehosen und eine Weste gemacht, und für die kleinen Mädchen ist noch ein hübsches Wintermäntelchen abgefallen. Meine Frau wollte erst die Inschrift heraustrennen, aber ich meinte, der Boden könne dann leichter reißen, wenn ich ihn arg strapaziere, und da hat sie das Gold drin gelassen. Man kann ja auch seinem Herrgott mit allem preisen, Herr Supperdent, nicht wahr? Warum nicht auch mit dem Hosenboden?«

Über das Gesicht des Doktor Schneckenfett zuckte es seltsam – halb Lächeln, halb Rührung. »Hm, hm!«, brummte er nur und wusste nicht, was er dazu sagen sollte. – Und der gute Kannepich forschte in seinem

Angesicht, wurde nicht klug daraus und wandte sich seufzend der Tür zu. Am Ende fand der gestrenge Herr die heilige Inschrift an dieser Stelle doch nicht am Platze – und der gute Mann bedeckte rasch mit beiden Händen seinen *podex inscriptionum* und wischte dann hurtig durch die Tür, um seinen Rock zu holen. –

Der Herr Superintendent, allein gelassen, lachte lange und herzinniglich. Seine breiten Schultern zuckten im Takte, sein wohlanständiges Bäuchlein wackelte und seine wasserblauen Kugelaugen wurden so feucht, dass er sich die Tropfen von den Brillengläsern wischen musste. Aber das war nur ein vielversprechender Anfang für all die Wunderlichkeiten, die er noch erleben sollte. Man ging in die Kirche, ein stil- und schmuckloses Gebäude, von den Konfirmandenkindern bekränzt, Girlanden um Altar und Kanzel sowie um den Lehnstuhl, den man für den Superintendenten in den Holzverschlag gestellt hatte, der für die Mitglieder der Pastoratfamilie bestimmt war. Der gewaltige Doktor Schneckenfett kam sich drollig unbehaglich in dem bekränzten Stuhle vor und fürchtete, der Gemeinde dadurch lächerlich zu erscheinen. Da er aber auf allen Gesichtern den ehrfürchtigsten Ernst wahrnahm, fand er sich lächelnd darein. Neben ihm saß Dortchen, sehr hübsch und sittig, sehr blond und sehr gut gewachsen. Der geistliche Herr konnte sich nicht versagen, hier und da einen wohlgefälligen Blick auf das eifrig singende Mädchen mit dem schlechtsitzenden Kattunkleid zu werfen. Außer Dortchen war nur noch Lorchen und Klärchen zur Kirche gekommen, und die Mutter hatte sich entschuldigt und Matchen zur Hilfe in der Küche behalten. Eigentlich hätte die Älteste daheimbleiben sollen, aber sie war zu begierig, des Vaters Predigt zu hören und an dem Gesichte des geliebten Kandidaten zu sehen, was sie wert sei, und deshalb hatte sie der Mutter die Erlaubnis abgebettelt. Das Orgelspiel war grausam, grässlich, der Gesang der Konfirmandinnen, welche zu beiden Seiten des Altars saßen, ohrenzerreißend und der Duft ihrer stark gefetteten Frisuren wenig lieblich. Oben auf der Galerie, dem Pfarrerstande gegenüber, saß Johannes neben dem alten Bauern Möbius, seinem Vater, erwartungsvoll lächelnd und Dortchens Blick zu erhaschen suchend. Endlich bestieg der hochwürdige Gotthilf Kannepich die Kanzel. Der Superintendent in bekränztem Sessel und der Kandidat oben auf der Galerie setzten gleichzeitig die frischgeputzten Brillen auf und fixierten den bleichen Prediger. Dortchen seufzte und wurde sehr rot, und dann erhob man sich, um das Evangelium zu vernehmen. Es war aus dem zehnten Kapitel des Evangeliums Johannis der zwölfte Vers: »Ich bin ein guter Hirte; ein guter Hirte lässet sein Leben für die Schafe. Ein Mietling aber, des die Schafe nicht eigen sind, siehet den Wolf kommen und verlasset die Schafe und fleucht; und der Wolf erhaschet und zerstreuet die Schafe. – Amen.«

Man setzte sich, scharrte mit den Füßen, hustete, räusperte und dann begann der gute Pfarrer also: »Ihr kennt mich nun schon seit zwanzig Jahren, geliebte Gemeinde, ihr wisst, dass ich einfältig vor dem Herrn und von Herzen demütig bin, wenn ich also gelesen habe: *ich* bin ein guter Hirte, so habe ich mich damit wahrhaftig nicht selber gemeint, denn ich bin selbst nur ein Schaf in der Herde unseres Herrgotts, und vielleicht auch ein Mietling, denn ich werde dafür bezahlt, dass ich die kleine Christenherde hier im Dorfe und auf dem Filial in Obacht nehme, aber freilich so elend bezahlt, dass es manches von euch Schafen besser hat als ich, der Hirte. Aber seht ihr, ich wohne hier zwanzig Jahre unter euch, und meine liebe Frau hat mir unter euch sieben Mädchen geboren, ich bestelle meinen Acker wie ihr, was ihr erntet, ernte ich auch, und was euch verhagelt, verhagelt mir auch; darum gehöre ich zu euch, und ihr gehöret zu mir, wie der rechte Hirte zu seinen rechten Schafen. Ob ich auch ein guter Hirte bin, das zu prüfen, ist der gelehrte Mann aus Weimar gekommen, den ihr hier auf dem festlich bekränzten Stuhle sitzen seht.«

Er machte hier eine kleine Pause, um der Gemeinde Zeit zu geben, sich den gelehrten Mann aus Weimar anzusehen, und um sich die Schweißperlen von der Stirne zu wischen. Dortchen blickte zur Galerie empor – der Kopf des Kandidaten mit krampfhaft zuckenden Mienen verschwand eben hinter der Brüstung. Sie schielte bestürzt nach dem Herrn Superintendenten herum, der ganz rot geworden war, unruhig auf dem eingesessenen Polster rückte und die großen Augen unruhig über die Gemeinde rollen ließ. Aber die dumpfen Züge all der guten Weiber im Schiff und der Männer auf der Galerie waren ernst und ehrfürchtig wie zuvor.

Der arme Pastor fing einen zornig verdutzten Blick des Visitators auf, und seine Stimme zitterte, indem er nun also fortfuhr: »Ich weiß, geliebte Gemeinde, dass ich euch mit Rat und Hilfe, mit Trost und Vermahnung allezeit beigestanden habe, mochte euch nun eine Kuh oder ein Kind krank sein, die Ernte verregnet oder ein Liebes gestorben sein, darum seht ihr mich nun auch an wie die richtigen Schafe ihren richtigen Hirten und ihr wisst, dass ich nicht von euch gehen werde, wenn der Wolf kommt, der die Herde erhaschet und zerstreuet. – Was ist denn das für ein Wolf, geliebte Gemeinde?«

Er machte wieder eine kleine Pause, ließ seine Blicke über die andächtige Versammlung schweifen und richtete sie dann mit einem gewissen Triumph auf den Superintendenten, der sehr ruhig und rot wurde, denn nach den schon erlebten Unglaublichkeiten war er darauf gefasst, sich selbst der Gemeinde als Wolf vorgestellt zu sehen. Er blickte sehr zornig durch die goldene Brille zur Kanzel hinauf; aber der gute Pfarrer lächelte gutmütig und sagte: »Ich will's euch einmal sagen, liebe Kinder: Das ist nicht *ein* Wolf, das sind ihrer *fünf* Wölfe!« Und indem er diesen Trumpf ausspielte, schlug er kräftig mit der Faust auf die Brüstung und schaute den Herrn Superintendenten herausfordernd an. Der fuhr sich ganz erschrocken mit der Hand durchs Haar und riss vor Erstaunen Mund und Augen weit auf. Das bebende Dortchen neben ihm schreckte zusammen und war dem Weinen nahe. Oben auf der Galerie aber ward ein fürchterliches Schneuzen laut, und Dortchen wusste, dass unter diesem der Johannes Möbius sein Lachen verbarg. Der arme Vater, wenn er nur nicht seine Stelle verlor!

Ehren-Kannepich aber lächelte zufrieden weiter und fuhr mit lauter Stimme fort: »Das ist erstens der Wolf des Hochmuts, der kommt von den Bergen herab und bläht sich, dass er hoch oben über den anderen zu Hause ist. Das ist zweitens der Wolf des Geizes, der hockt in den Kellern und Gewölben auf den Geldtruhen und hält zähnefletschend vor den Kornböden Wacht, wenn die Armen hungern. Da ist drittens der Wolf der Wollust, der kommt aus dem Sumpfe und geht wieder in den Sumpf. Da ist viertens der Wolf des Vergnügens, das ist ein Bruder des Wollustwolfes, der ist in den Schenken und auf den Tanzböden zu Hause und lauert den geputzten Mädchen und den betrunkenen Burschen auf. Und da ist endlich fünftens der Wolf des Unglaubens, den hab' ich aber selbst noch nicht gesehen, der kommt, gottlob, hier bei uns nicht vor. – Also erstens, der Wolf des Hochmuts, welcher von den Bergen kommt ...«

Und nun war er in seinem Fahrwasser, sprach laut, fließend, in derber, bäuerischer Bildersprache und ließ sich durch die entsetzten Blicke des Superintendenten nicht irremachen, sondern handelte ein langes und breites über seine fünf Wölfe, kehrte dann mit wenig Worten zum guten Hirten zurück und sagte schleunigst Amen. – Mit zitternden Knien, in Schweiß gebadet, stieg er in die Sakristei hinunter, aber froh und siegesbewusst, denn seine Predigt hatte ihm selbst ungemein gefallen. Dem alten Manne, der mit dem Klingelbeutel herumging, hatte er den Auftrag gegeben, den gestrengen Doktor Schneckenfett durch das Sakristeifensterchen aufmerksam zu beobachten. Der Alte kam ihm schon entgegengelaufen und rief ganz aufgeregt: »Nee, Herr Pastor, so scheene haben Sie noch nie gepredigt, wie heute mit den fünf Wölfen! Dunner alle Quatschken, das war Sie eene Visitationspredigt, wie der Herr Suppendent noch keine gehört haben. So weit hat er's Maul aufgesperrt ...«

Und glückstrahlend gesellte sich der gute Pfarrer nach der Kirche zu seinem Vorgesetzten und fragte ihn ohne Weiteres, wie ihm die Predigt gefallen habe. »Ja, wissen Sie, mein guter Herr Amtsbruder«, antwortete der Superintendent, indem er stehen blieb und den armen Kannepich mit einem feuchten Rollblick, der durch das Funkeln der Brillengläser in der Sonne noch schrecklicher wurde, schier durchbohrte: »Ich habe schon manche ... sonderbare Predigt zu hören bekommen auf meiner Visitationsreise, und gebe auch gern zu, dass Ihr Stil populär und verständlich ist: aber – aber – aber! Erster Wolf, zweiter Wolf, dritter Wolf – *oh sancta simplicitas*! – Mein guter Herr Amtsbruder, was soll man dazu sagen?!«

Der Ärmste fiel aus allen seinen Himmeln. – Seine gewaltige Wolfspredigt! – Er war ganz geknickt, rief bleich und zitternd seine Frau aus der Küche und raunte ihr ins Ohr: »Ach, Luise, 's war nichts mit den Wölfen! ›Aber – aber – aber!‹, hat er gesagt. – Wenn ihn jetzt der Modice nicht wieder gut macht, ist er imstande und bringt mich ums Amt!« –

War das ein Tag! Die Aufregung der Frauen in der Küche, wo der berühmte Kalbskopf seit einer Stunde in Sahne schmorte, war noch weit größer als die des Pfarrers, da er heute Morgen die Kanzel bestiegen hatte. Und Dortchen saß oben in der Kammer auf ihrem Bett und weinte zum Gotterbarmen. Es musste schon um halb zwölf gegessen werden, da für den Nachmittag ein Besuch des fast zwei Stunden entfernten Filials beabsichtigt war, woselbst Ehren-Kannepich Bibelstunde und Katechisation abhalten sollte.

Man setzte sich zu Tische. Der Pfarrer blass und appetitlos, seine Frau hochrot vom Kochen und in einer Haartracht, einem Anzug, die den Herrn Superintendenten lebhaft an das Porträt seiner verstorbenen

Großmutter über seinem Schreibtisch erinnerten. Aber der gestrenge Herr gab sich redlich Mühe, die Schrecknisse der Frühkirche zu vergessen und sich mit gutem Humor in die wunderliche Ärmlichkeit der Verhältnisse dieser Pfarrei hineinzufinden. Er war sehr artig zur Frau Pastorin und scherzte mit den kleineren Kindern, dass diese bald hell auflachten. Auch gelang es ihm, Dortchens und Malchens Schüchternheit zu überwinden und ein leidlich fließendes Gespräch mit ihnen anzuknüpfen. Nur machte ihn das ewige Aufspringen und aus dem Zimmer stürzen der Mutter und der beiden ältesten Mädchen einigermaßen nervös.

Der Herr Superintendent brachte einen recht guten Appetit mit. Leider war die Suppe arg versalzen, und man wollte durchaus seinen Teller nicht fortnehmen, bevor er den letzten Löffel hinuntergewürgt hatte. Dann kam ein delikater Gänsebraten, der ihm trefflich mundete, so trefflich, dass er um seinetwillen sich sogar den grausamen Johannisbeerwein, eigener Kelterei, gefallen ließ. Er wollte sich noch ein Stück Gänsebraten ausbitten, aber die Frau Pastorin schob ihm seinen Teller wieder zu und sagte: »Ach nein, Herr Supperdent, essen Sie nicht so viel davon, es gibt noch mehr!«

»Noch mehr!«, rief der geistliche Herr mit mildem Vorwurf. »Aber, lieber Herr Amtsbruder, das hätten Sie ihrer lieben Frau doch nicht gestatten sollen. Ich bat doch ausdrücklich, mir *modice* aufzutischen.« Das Wort weckte den Pfarrer aus seiner Niedergeschlagenheit auf, und er lächelte verschmitzt und sagte freundlich: »Kommt schon, kommt schon, Herr Supperdent; nur ein bisschen Geduld.«

Der gelehrte Doktor kam heute aus der Verwunderung gar nicht heraus. Kommt schon? Hm, hm! – Er schielte den lächelnden Alten misstrauisch von der Seite an. Da eilte Malchen mit einer großen Schüssel herein, die sie kaum zu schleppen vermochte. Es war ein Schweinsbraten, der etwas brenzlich roch, mit Sauerkohl dazu. Der Herr Superintendent war kein Freund von Schweinernem, aber er aß auch hiervon, um die Wirtin nicht zu kränken, obwohl er das rasche Verschwinden der Gans noch betrauerte. Er hatte eben wieder ein Gespräch mit dem blonden Dortchen begonnen, das ihm ganz außerordentlich gefiel, als die Frau Pastorin mit einer dritten, noch größeren Schüssel hereintrat. Hilf Himmel, dachte der Superintendent, nun gar noch Kalbsbraten! Und laut setzte er hinzu: »Aber Herr Amtsbruder, nennen Sie das vielleicht *modice*?«

»Ach nein, Herr Supperdent, ich weiß schon, was Modice ist«, versetzte der Pfarrer schmunzelnd und sah bedeutungsvoll seine Frau an. Der ganz verdutzte Gast ließ seine hellen Augen zwischen beiden hin und her rollen und machte sich dann mit Todesverachtung an die Bewältigung des Bratenstückes, welches ihm die Frau Pastorin rasch auf den Teller gelegt hatte, auf welchem bereits die Neste dreier verschiedener Tunken sich zu einem bedenklichen Ganzen vermengt hatten. Eben wollte er eine scherzende Frage an Dortchen richten, als diese vom Stuhl aufschnellte und förmlich hinausflog. Bestürzt schaute er ihr nach. Stand ihm vielleicht noch ein Hammel oder ein Ochs bevor?

Eine erwartungsvolle Pause trat ein. Die Frau Pastorin war besonders unruhig; die Kinder stießen einander bedeutsam an, und alle richteten ihre gespannten Blicke nach der halb offen gebliebenen Tür. Auch der Doktor Schneckenfett starrte dorthin; aller Mut hatte ihn verlassen, und er konnte den verlorenen Gesprächsfaden nicht wiederfinden.

Eine unheimliche Stille war's. Da schob Dortchen mit ihrem niedlichen Fuß die Tür vollends auf und trat, über und über errötend, herein, ihre Schüssel, wie Titians Tochter etwa, hoch in beiden Händen tragend. Zunächst sah es grün aus. Als der Teller aber auf den Tisch, gerade vor den Herrn Superintendenten, hingestellt ward, da wollten sich dem die Eingeweide im Leibe herumdrehen, und in sprachlosem Entsetzen klammerte er sich mit beiden Händen an seinen Sitz und starrte mit weitgeöffneten Augen dies neueste, schrecklichste aller Schrecknisse an. Da lag auf dem Teller, mit Petersilie bekränzt, Lorbeerblätter büschelweis in den Ohren und eine saure Gurke quer durch das offene Maul gesteckt, der in Sahne geschmorte Kalbskopf und glotzte mit entsetzlich melancholischen Augen den Doktor Schneckenfett an. Der Anblick war so verblüffend schrecklich, dass selbst die Frau Pfarrerin, die bis auf das Grünzeug und die saure Gurke alles vorbereitet hatte, die Fassung verlor und das erhobene Tranchierbesteck kraftlos sinken ließ.

»Kalbskopf *à la modice*!«, sagte der Pfarrer mühsam lächelnd mit einer einladenden Handbewegung.

»Genau nach Rezept«, fügte die Gattin schnell hinzu.

Da brachen die vier kleineren Mädchen, wie auf ein gegebenes Zeichen, in ein jämmerliches Schreckensgeheul aus und mussten eiligst aus dem Zimmer entfernt werden. Dem Herrn Superintendenten aber begann sehr übel zu werden. Er erhob sich und bat mit schwacher

Stimme um einen Schnaps, denn er fürchtete, des Guten etwas zu viel getan zu haben, und bitte sehr um Entschuldigung, dass er diesem »vorzüglichen Gerichte« keine Kräfte mehr zu widmen habe. Und mit einem letzten ängstlichen Blick auf das Ungetüm verließ er schaudernd mit dem ganz geknickten Kannepich den Schauplatz des grausamen Festmahls.

Die Frau Pastorin mit Dortchen und Malchen blieb allein zurück. Und alle drei starrten sie das bekränzte Scheusal an und seufzten tief auf. –

Bald nach dem Essen brachen der Pfarrer und der Superintendent nach dem Filial auf. Ersterer wagte nicht, des unglücklichen Modice nochmals Erwähnung zu tun. War er missraten, oder ein Fehler im Rezept? Dass der Kandidat ihm einen Schelmenstreich gespielt haben könnte, schwante ihm wohl in seiner Seele Grund, doch wagte er nicht, sich selbst das zu glauben. Der Doktor Schneckenfett war anfangs auch schweigsam, bald aber kehrte im Genuss des prächtigen Spazierweges, der alle hundert Schritte neue, herrliche Aussichten in dunkle Fichtengründe und lachende Täler bot, seine gute Laune zurück, und er fand auch zu seiner Freude in seinem Begleiter einen Mann, der ein schlichtinniges Verständnis für die Schönheit seines Heimatlandes und genaue Kenntnis aller Wege und Stege in seinen Bergen besaß. Da zum Glück auch die Katechisation im Filial ihn leidlich befriedigte, so machten sich die beiden Geistlichen in recht froher Stimmung auf den Heimweg, und da der Superintendent ein guter Läufer war, schlug er das angebotene Fuhrwerk aus und machte lieber den weiten Weg nochmals zu Fuß.

Es dunkelte bereits stark, als sie nach Hause kamen. Beim Eintritt in die Wohnstube bot sich dem Gaste eine neue Überraschung dar. Die Frau Pastorin und ihre sechs Töchterlein sahen erwartungsvoll um den großen Esstisch, auf welchem fünf Talglichter in blankgeputzten Messingleuchtern brannten. Auf dem Sims des großen Backsteinofens, auf der Kommode, auf den Schränken und wo sonst ein erhöhter Standpunkt zu finden war, standen gar ganze Reihen von Kerzen, die in Flaschenhälsen und anderen Notleuchtern befestigt waren. Im Ganzen wohl an dreißig Talglichter, welche mäßig leuchteten, aber lieblich qualmten.

Der Herr Superintendent lachte gemütlich: »Was seh' ich, meine liebe Frau Pastorin, das ist ja eine glänzende Illumination. Zu viel Ehre, zu viel Ehre!«

Und dann scherzte er mit den großen Mädchen und streichelte den kleinen die ländlichen Flachsköpfe. Der Pastor aber raunte seiner Frau ins Ohr: »Siehst du, es gefällt ihm. Er ist guter Laune.«

Man setzte sich zum Abendbrot, das aus kaltem Braten und Kartoffelsalat bestand. Es schmeckte dem Gaste nach dem weiten Wege vortrefflich. Wenn nur nicht die Talglichter so qualmen wollten! Dicht neben seinem Teller lag die Lichtputzschere. Er schob sie dem Pastor zu, aber der legte sie freundlich lächelnd wieder zurück. Endlich wurde es ihm doch zu arg, und er ergriff energisch die Schere und schnitt die riesige Schnuppe des ihm zunächst stehenden Lichtes ab. Sofort packte jedes der Kinder sein Licht und schob es ihm hastig zu. Der Superintendent machte große Augen über diese seltsame Höflichkeit, lachte kurz auf und putzte alle fünf Kerzen. Dann warf er einen Blick in die Runde, auf das ganze qualmende Heer der Talglichter, deren Schnuppen sich glühend zur Seite geneigt hatten und immer tiefere Löcher in den Talg fraßen.

»Na, da muss ich mich wohl auch erbarmen?«, rief er endlich scherzend aus, da niemand Anstalt machte, sich zu erheben. Und er stand rasch auf und schnuppte alle fünfundzwanzig Kerzen.

»Siehst du, Luise, es gefällt ihm«, flüsterte der gute Kannepich seiner Gattin zu und rieb sich vergnügt die Hände. Dann wurde abgeräumt, man nötigte den Superintendenten auf das Sofa und gruppierte sich gemütlich um ihn, andächtig seinen Erzählungen aus der Residenz lauschend und seine kleinen Scherze respektvoll belachend. Aber diese verwünschten Talglichter! Hartnäckig beharrte die ganze Familie dabei, die furchtbarsten Räuber sich bilden zu lassen, ohne einen Finger zu rühren. Die kleinen Mädchen guckten fortwährend von einem Kerzenbataillon zum andern, stießen sich an und flüsterten.

»Ach, bitte, lieber Herr Amtsbruder, wollen Sie nicht vielleicht die Lichter putzen?«

»Oh nein, Herr Supperdent, ich will nicht vorgreifen, beileibe nicht.«

Es half nichts, der arme Doktor Schneckenfett musste immer wieder aufspringen und alle dreißig Schnuppen köpfen. Er tat es mit komischer Verzweiflung in den Mienen, und der Pfarrer lachte sich innerlich ins Fäustchen. Endlich wurde dem langmütigen Gaste der Spaß aber doch zu arg. Der Qualm versetzte ihm schier den Atem – es war unerträglich. Da schützte er denn Müdigkeit vor und bat den Pastor, ihm sein Zimmer zu weisen.

Himmel! Da war kein Ende der närrischen Überraschungen. Oben in der Schlafkammer auf der Kommode, auf dem Schranke, auf dem Waschtische qualmten dem Eintretenden wieder zehn trübselig flackernde Flämmchen entgegen, und der begleitende Pfarrer drückte ihm eine zweite Lichtputzschere in die Hand und lächelte pfiffig dazu. »Zu viel Ehre, zu viel Ehre!«, dröhnte der grimmgeschwollene Bass den Wirt an, der sich unter tiefen Bücklingen zurückzog und schmunzelnd in der Tür stehen blieb, bis der Herr Doktor seine zehn Kerzen wütend abgeputzt hatte.

Sowie er hinaus war, drückte jener neun von den Lichtern mit dem Finger aus und begann in nervöser Eile sich seiner Kleider zu entledigen.

»Unerhörte Narrenspossen! Eine wahrhaft behexte Pfarre!«, brummte er ärgerlich und warf seine Beinkleider auf den Stuhl. »Das glaubt ja kein Mensch, wenn ich das in Weimar erzähle.«

Der Herr Doktor Schneckenfett war seiner Gewohnheit gemäß sehr früh aufgestanden. Es war nicht viel über sechs Uhr, als er schon angekleidet vor dem weit geöffneten Fenster saß, durch welches der herrliche Sommermorgen schmeichelnd hereinwehte, mit goldigen Strahlen um sich werfend wie ein ausgelassenes Kind, Harzduft atmend, leise summend und surrend.

Der gestrenge Herr Superintendent sah dem Kleinleben im Pfarrhofe zu, hörte die Kuh brüllen und die Hühner gackern – und dachte darüber nach, was er wohl dem Pastor Kannepich über sein unerhörtes Benehmen sagen, und was er über ihn an den Kirchenrat berichten sollte. Da trat das blonde Dortchen auf den Hof, schon angekleidet, nett und sauber in seinem ärmlichen Kleide, und die dicken Flechten zu beiden Seiten des glatten Scheitels sittig aufgesteckt. Sie trug etwas Schwarzes über dem Arm und ein spanisches Rohr in der Hand. Nun hängte sie das Ding an einen Haken in der Stalltür und begann, es eifrig mit dem Stöckchen zu bearbeiten.

Es war die Gloriahose! Die goldenen Buchstaben des englischen Lobgesangs flimmerten trotz ihres ehrwürdigen Alters in der übermütigen Morgensonne, und die matten Feuerfunken hüpften bei dem kräftigen Klopfen des Mädchens lustig über den ergrauten Hosenboden.

Oh Gloriahose! Ehrwürdiges Symbol geistiger Armut, ehrlichster Leibesnot! Das fröhliche Glitzern deiner alten Goldfäden im sommerlichen Morgenlicht wird dem behäbigen Manne dort oben am Fenster zu einer erbaulichen Frühpredigt über den Text: Selig sind, die da geistlich arm sind, denn das Himmelreich ist ihr.

Ja, nun weiß er, was er über den hochwürdigen Gotthilf Kannepich zu berichten hat. Die Falten auf seiner Stirn glätteten sich, seine Lippen verzogen sich in die Breite, dann zuckte es um seine fette Nase, dann wackelten seine Schultern, und endlich brach er in ein schallendes Gelächter aus und rief in den Hof hinunter: »So ist's recht, mein liebes Kind, klopfe du nur deinem Papa die Motten aus den Hosen. Guten Morgen, Dortchen!«

Wie fuhr das liebe Kind zusammen! Und es ließ das Rohr fallen und lief spornstreichs ins Haus. Im nächsten Augenblick klapperten ein Paar Pantöffelchen die Stiege herauf, und es klopfte bescheiden an die Tür.

»Nur herein!«, rief der Superintendent, immer noch lachend, dass ihm die Seiten schmerzten.

Dortchen trat mit gesenktem Blick herein, machte rasch die Tür hinter sich zu, knickste und sagte sehr ängstlich: »Seien Sie nicht böse, Herr Supperdent, ich – ich muss sie sprechen.« Und dabei trat sie einen Schritt näher.

Er ging ihr rasch entgegen, reichte ihr die große, fleischige Hand und sagte sehr freundlich: »Was gibt's denn, mein gutes Kind?«

»Ach, lieber Herr Supperdent –«, stotterte Dortchen. Und dann hob sich ihre Brust, und wieder, und immer höher und rascher, und dann schluchzte sie, dass es ihr schier das Herz abstieß.

Der Herr Doktor Schneckenfett war so gerührt, dass er sie väterlich in die Arme schloss und zärtlich ihren Rücken streichelte. Das beruhigte sie bald so weit, dass sie ihm ihr Leid klagen und ihr ganzes Herz ausschütten konnte. Da kam das Verhältnis zum Johannes zum Vorschein, von Anfang bis zu Ende, des Vaters strenges Verbot, der Ungehorsam und endlich der mutwillige Streich des gekränkten Kandidaten, der dem gläubigen Alten vorgeredet, Modice sei ein funkelneues Hofgericht, und des Doktor Schneckenfett Hauptpassion das Lichtputzen. Und dann bat das gute Dortchen so inständig, er möchte doch ihrem alten Papa ja nichts zuleide tun, dass das Wasser in den Kugelaugen des Superintendenten, welches vorhin schon das Lachen hineingetrieben hatte, nun vor Rührung in dicken Tropfen über seine Wangen rann.

»Sei ruhig, liebes Dortchen«, sagte er freundlich und ernst. »Deinem guten Vater soll kein Leid geschehen. Gott liebt ja, die so einfältigen Herzens sind. Aber mit deinem Herrn Kandidaten möchte ich gern noch ein Wörtchen reden. Bring ihn mir doch einmal hier in meine Kammer, aber ohne dass dein Vater es merkt, hörst du? Nein, mein Kind – sei nicht bange; den Kopf reiße ich ihm nicht ab, aber Strafe muss sein!« –

Das arme Dortchen! Nun musste sie wieder für das Schicksal ihres Liebsten zittern. Aber sie wagte doch nicht, ungehorsam zu sein, und schlich sich glücklich aus dem Hause, ihren Johannes zu holen. – Das gab ein Aufschauen bei den Möbiussens, als Pfarrers Doris dem jungen Manne ohne Umstände auf das Zimmer lief und nach einem kleinen Weilchen ihn am Rockärmel zum Hause hinauszog, ohne einem Menschen Rede und Antwort zu stehen. Dem Johannes selbst war am allerwenigsten wohl zumute, und er bereute auch seinen Schelmenstreich recht sehr von Herzen. –

»Da ist er!«, sagte Dortchen und schob den arg verlegenen Kandidaten zur Tür hinein.

»So, so, da sind Sie also, Herr Kandidat. Es freut mich sehr, Sie kennenzulernen, Sie müssen ein recht charmanter junger Mann sein. Mich und meine Passionen für Kalbsköpfe und Talglichtschnuppen kennen Sie ja schon, also … hm, hm!« Der Herr Doktor Schneckenfett bemühte sich, ein sehr grimmiges Gesicht zu machen, aber es wollte ihm nicht recht gelingen. Seine Blicke gingen zwischen Dortchen und diesem hübschen, errötenden jungen Manne hin und her, und er musste sich eingestehen, dass die beiden ein prächtiges Paar abgeben müssten.

Johannes blickte jetzt auf und sah seinem gestrengen Richter offen und frei ins Auge. In einfachen, ehrlichen Worten gestand er die Ungehörigkeit seines mutwilligen Scherzes ein und entschuldigte sich mit seiner Jugend und seiner Verliebtheit.

»Ja, ja, das ist schon alles recht schön«, versetzte der Superintendent. »Aber können der Herr Kandidat auch wohl noch etwas anderes, als Pfarrerstöchtern den Kopf verdrehen und ihre alten Väter ins Bockshorn jagen?«

»Ich denke ja«, sagte der Johannes mit mutigen Aufblick, und sein Liebchen legte ängstlich die Hand auf das laut pochende Herz und schaute bittend zu dem Herrn Superintendenten hinauf.

Der lächelte und sagte: »Ei, ei – nun, stolz lieb' ich den Kandidaten. Setze dich, liebes Dortchen, der Herr Kandidat will uns eine Predigt halten über das Wort: Und wenn ich mit Menschen- und Engelzungen redete und hätte der Liebe nicht, so wäre ich ein klingendes Erz und eine tönende Schelle.«

Doris war mit ihrem Johannes so rasch die Treppe hinaufgestürmt, dass ihr erstaunter, entrüsteter Vater gar nicht Zeit gefunden hatte, sie zur Rede zu stellen. Ganz erstarrt blieb er unten stehen und sah die beiden in der Türe des Gastes verschwinden. Er lief und sagte es seiner Frau; Malchen, Lorchen, Anna, Lieschen kamen auch herbei, stellten sich am Fuße der Treppe auf und starrten nach der verschlossenen Tür empor, während die Eltern sich in Vermutungen aller Art ergingen.

Da kam Klärchen ganz aufgeregt vom Hof herauf und rief schon in der Haustür: »Vater, Vater – horch doch nur, oben beim Herrn Supperdenten predigt eins!«

Da folgte die ganze Familie dem Klärchen in den Hof, stellte sich unter das offene Fenster und lauschte erst erstaunt, dann immer andächtiger der frischen, hellen Stimme, die da droben die Allgewalt der Liebe predigte in Tönen, in Worten, die nur die Liebe selber finden kann. Der gute, alte Pfarrer hatte seiner Lebtage nicht so reden hören. Die Gedanken so klar, aneinandergereiht wie Perlen auf der Schnur, und die Bilder so ganz ohne Nachsinnen gefunden im Augenblick des Gebrauchs, und diese schöne, junge Begeisterung, hinstürmend über die engen Schranken gewohnter Formeln, und das ganze Herz hingebend, um das ganze Herz zu gewinnen. Es war dem alten Pastor zumute, als ob diese klare Stimme ihn zu Boden drücke, als ob er immer kleiner, immer kleiner werde – oh Himmel, er musste an seine fünf Wölfe denken und wurde fast schamrot. Und dann kam das Amen. Da oben war es ganz still und drunten auch. Der Alte hielt noch die Hände gefaltet und betete stumm innerlich. Aber droben lagen sich ein Paar glückseliger Brautleute in den Armen, und der tiefergriffene Doktor Schneckenfett stand dabei und segnete sie. –

»Sie können bald mit der Brautwäsche anfangen«, sagte der Superintendent unten beim Frühstück zur Frau Pastorin. »Denn die vakante Stelle verschaffe ich unserem Möbius ganz bestimmt.«

Der hochwürdige Gotthilf Kannepich saß neben dem bösen Johannes und drückte ihm fortwährend unter dem Tische die Hand. –

»Wissen Sie, lieber Herr Amtsbruder«, sagte der Superintendent beim Abschied. »Ich habe mich weidlich über Sie geärgert gestern – alles, was wahr ist! – Aber wenn wir auch nicht diesen Erzschelm hier als den Schuldigen entdeckten, nachtragen hätte ich's Ihnen doch nicht können, denn Sie haben zwei Fürsprecher gefunden, denen kein Sterblicher widerstanden hätte: das Dortchen und – die Gloriahose!« –

Und darum erbte die denkwürdige Hose in der gesegneten Familie Möbius sich immer weiter und wird von den Enkeln des Kandidaten Johannes noch ebenso in Ehren gehalten, wie einst vom alten Kannepich, der ganz gewiss, trotz der fünf Wölfe, die er auf dem Gewissen hatte, in den Himmel gekommen ist und vor dem Throne des Höchsten mit dem Doktor Schneckenfett zusammen singt: *Gloria in excelsis Deo*.

Werthers Leiden in Sexta

Eine Berliner Geschichte

Im äußersten Osten der Reichshauptstadt, in einer Gegend, welche der anständige Mensch höchstens vom Hörensagen kennt, und wohin der Droschkenkutscher aus dem Herzen der Stadt sich nur allmählich zu fahren entschließt, nachdem er durch einige blühende Redensarten dem Fahrgäste die Kühnheit seiner Zumutung klargemacht, in einer solchen »schönen Gegend« war eben wieder ein riesiges Haus fertig geworden, ein feiner, stilvoller Neubau. Es fehlte nicht das ehrfurchtgebietende Portal mit den schweren, eichenen Torflügeln, nicht die falschen Marmorsäulen am Aufgang, nicht die bunten Fenster mit den Butzenscheiben an den Treppenwendungen, die mit blanken Messingstangen befestigten Läufer – bis zum ersten Stockwerk wohlverstanden – dort hörten die Butzenscheiben auf, um glattem, buntem Glase, die Teppiche, um Fasermatten Platz zu machen, und im dritten Stock wurden die Scheiben weiß und die Läufer – gemalt! Kaum hatte der letzte Handwerker mit Farben- oder Kleistertopf das Feld geräumt, als die Möbelwagen vor dem stolzen Bau auffuhren, die Gardinen an den Fenstern und die Blumentöpfe auf den Balkons erschienen. Acht Tage später bewies eine vieldutzendköpfige Kinderschar, welche von Sonnenaufgang bis -untergang im Torweg, im Hof, auf dem Bürgersteig vor dem Hause lachte, lärmte, sich balgte, heulte und tobte, dass Vorder- und Hintergebäude bis unter das Dach besetzt seien.

Eine wahre Mördergrube war in der einen Woche aus dem heuchlerischen Mietspalast geworden. Fast an allen den gewaltigen Männerfäusten, die von den klatschneuen, feuchtkalt dünstenden Wohnräumen Besitz ergriffen hatten, klebte Blut; allen den wässerigen, vom Fette der Umgebung schier überwucherten Äuglein, die hier über das Wohl ihrer Familien wachten, war das letzte Zucken warmer Leichname ein gleichgültiger Anblick; all den großen, roten Ohren das Todesröcheln unschuldiger Opfer ein so gewohntes Geräusch, wie das Rasseln der Lastwagen auf der Straße. In der »Beletage« – der reichgewordene Berliner streicht sich den Schmerbauch, wenn er das schöne Wort hört! – wohnte der frühere Großschlächter, jetzige Rentier Schulze, im ersten Stock der Fettviehhändler Meyer, im zweiten Stock die Schlächtermeister

Müller rechts und Neumann links, im dritten Plümicke und Piefke von demselben Gewerbe und im vierten der Bürovorsteher Thielemann rechts und seine Untergebene, die Fleischbeschauerin und Witwe von Barchwitz links. Und auch in dem vollgepfropften Hinterhause war das blutige Gewerbe zahlreich vertreten, von dem protzigen Schlächtergesellen, unter dessen hochaufgebauschter Seidenmütze bereits die kühnsten Träume brauten von Landauern auf Gummirädern, Marmortreppen und Livreedienern, bis herab zum kleinen Fetthändler, zum Darmschlemmer und zum jovialen »warmen Jauerschen«, der nie über einen erkälteten Magen zu klagen hat, weil ihm der Blechkasten vor dem Unterleib die ganze Nacht nicht kalt wird. »Warm sind se noch, kalt werden se doch – riechen Se bloß mal dran, Herr Jeheimrat!«

Das Ziehwetter war ausnehmend schön gewesen. So warmer Oktobertage wussten sich die gezogensten Berliner Mietsodysseuse nicht zu entsinnen. Auf dem engen Balkon des vierten Stockwerks, der durch eine hölzerne Scheidewand noch geteilt war, stand ein allerliebstes, kleines Mädchen von etwa zehn Jahren, klammerte sich ängstlich an die Brüstung und lugte vorsichtig hinunter in den schwindelerregenden Abgrund der Straße. Sie war es noch nicht gewohnt und musste einen Schritt zurücktreten, denn es wurde ihr schwarz vor den Augen. Sie blickte über das Meer der Schieferdächer hinweg, das endlos sich vor ihr dehnte und im Abendsonnenlichte glühte und flimmerte. Den Rathausturm sah sie fernher ragen, aber darüber hinaus verschwamm alles in dem blendenden Rotdunst des schillernden Widerscheins. Wieder musste das Kind die Augen erschrocken schließen. Und dann blickte es nach Osten hinaus, in das freie Feld, das in dürrer, trostlos sandiger Öde zu den Füßen der Weltstadt herankroch, so hündisch demütig, kraftlos gleichgültig, als ob es die Riesin um neue Fußtritte anbetteln wolle, um nur ja auch noch unter dem weiten Saume des tausendfältigen Schleppkleides ein Plätzchen zum warmen Hinkuschen zu finden! Ein kühler Wind erhob sich von der Wüstenei, spielte mit den goldigen Locken des Kindes und trug an seine unentweihten Ohren den grausigen Verzweiflungsschrei der gequälten Kreatur, den gedämpften Widerhall des furchtbaren Todesorchesters, welches in dem nahen Zentralviehhof alltäglich vor tauben Menschenohren seine erschütternden Sinfonie spielt!

Ein Frösteln lief über den jungen Leib, das kleine Herz zog sich schaudernd zusammen, und um den schalkhaft weichen Mund zuckte es, wie wenn nun gleich aus diesen sonnenklaren Augen Tränen brechen wollten. Das kleine Mädchen hätte jetzt hineinlaufen mögen und seinen Kopf in den Schoß der Mutter vergraben mögen und schluchzen: »Oh, Mama, lass uns fort von hier. In der neuen Wohnung darf man ja nicht lachen!« Aber die Mutter war ausgegangen, und sie war ganz allein in den nagelneuen, so untraulich frischen Räumen. Nun hatte sie ihr Myrtenstöckchen auf den Balkon gesetzt, und dann hatte der spielende Abendwind all den trostlosen Jammer des Schlachthauses da drüben so frostig an ihr warmes Kinderherz geweht.

Horch, was war das? Da auf der andern Seite der Bretterwand erklang plötzlich ein anderer Ton, der jenes matt hinsterbende Stöhnen siegesfroh überschallte! Eine hohe, helle Kinderstimme sang: »Was blasen die Trompeten, Husaren heraus.«

Im Nu war die ängstliche Spannung aus den Zügen des Mädchens gewichen. Es schmiegte sich furchtlos an das Geländer des Balkons, beugte sich etwas hinaus und schaute neugierig um die hölzerne Scheidewand herum in die benachbarte Hälfte. Der Gesang hörte sofort auf, und der Sänger, ein Knabe, kaum älter als das Mädchen, starrte mit weit geöffneten Augen die liebliche Erscheinung der Nachbarin an. Das Mädchen lachte lustig auf, weil er gar nichts sagen wollte und ein so erstauntes Gesicht machte. Darauf lachte er gleichfalls, aber nicht halb so übermütig, als die kleine Dame, sondern nur aus Verlegenheit.

»Wie heißt du?«, fragte sie.

»Fritz Thielemann«, antwortete er. »Und du?«

»Charlotte von Barchwitz.« Wie selbstbewusst das herauskam und wie stolz und furchtbar schön das klang!

»Von?«, fragte Fritz. Er war ganz Ehrfurcht.

»Du brauchst mich aber nur Lotte zu nennen, wenn du nett zu mir sein willst. Willst du?«

Fritz nickte zwar eifrig ein paarmal mit dem Kopfe, aber die Aussicht, zu Charlotte von Barchwitz in das Verhältnis der Nettigkeit eintreten zu sollen, war für ihn noch etwas halb Märchenhaftes. Um sich Gewissheit zu verschaffen, wagte er die Frage: »Ihr seid wohl auch heute eingezogen?«

»Ja, gewiss. Mama holt jetzt erst die letzten sieben Sachen.« Lotte musste lachen, weil Fritz gerade so aussah, als ob er wirklich meine, es seien gerade noch sieben Sachen zu holen.

»Was seid ihr denn?«, fragte der Knabe weiter.

»Meine Mutter ist Fleischbeschauerin.«

Das kam ebenso stolz heraus, als ob es geheißen hätte: Palastdame Ihrer Majestät der Kaiserin-Königin!

»Und ihr?«

»Mein Vater ist der Oberste von allen!« Und dabei reckte Fritzchen die Nase sehr hoch und blickte das Mädchen herausfordernd an, als wollte er sagen: »Na, Lotte Von, was sagst du nun?«

Aber das gnädige Fräulein ließ sich dadurch nicht im Geringsten einschüchtern, sondern versetzte vielmehr keck und herablassend: »So? Na dann wird Mama wohl erlauben, dass du mit mir spielen darfst. Gehst du auch in die Schule?«

»Ich bin Sextaner!« Da, Lotte Von, da hast du noch was, dachte Fritz.

Aber das Mädchen schien auch diese Würde nicht besonders anzuerkennen, sondern fragte nur weiter: »Habt ihr schon Französisch?«

»Nein, aber Latein!«

»Latein ist Quatsch! Wir sind schon bei Lektion 27 – ätsch!« –

Von dem Tage an waren Fritz Thielemann und Charlotte von Barchwitz nett zueinander.

Beider Kinder Eltern hatten einst bessere Tage gesehen. Herr Thielemann wie Herr von Barchwitz waren vor Jahren wohlhabende Gutsbesitzer gewesen, beide durch schlechte Ernten, mörderische Viehseuchen und die unglückliche Geschäftslage um ihre Besitztümer gekommen. Aber während ersterer sich verhältnismäßig rasch in die so gänzlich neuen Verhältnisse hineinlebte und sowohl sich, wie seinen erwachsenen Kindern leidliche Stellungen zu verschaffen wusste, ging Herr von Barchwitz bald an dem Zusammenbruch aller seiner Hoffnungen zugrunde.

Frau von Barchwitz lebte mit ihrer jüngsten Tochter allein, seit der Gatte vor Kummer und Gram gestorben, die älteren beiden Mädchen in Schanden verdorben waren! Aber alles Elend hatte ihr starkes Herz nicht zu brechen, ihren Lebensmut nicht zu knicken vermocht, der hart und biegsam war wie eine stählerne Klinge. Sie konnte weinen, sie konnte reden – das bewahrte sie vor der Verzweiflung. Und sie hatte zur rechten Zeit mit kühner Entschlossenheit die Mikroskopierkunst erlernt, die Prüfung glänzend bestanden und lebte nun seit drei Jahren von ihrem Verdienst als Fleischbeschauerin und einem erbärmlich knickerigen Zuschuss, den ihr mit hochmütiger Barmherzigkeit ihre wohlhabenden Verwandten zukommen ließen. In die Jugend der beiden älteren Töchter hatte der Zusammenbruch der Verhältnisse wie eine plumpe Bärentatze hineingegriffen. Die Erinnerung an die lufthelle Kindheit ward zu einem giftigen Stachel, der sich immer tiefer in die Seelen der verwöhnten Mädchen bohrte, und darin einen offenen Groll gegen die Eltern, eine heimliche Sehnsucht nach freiem Genusse aller Jugendlust fortwährend zeugte und nährte. Lotte dagegen war im Dämmer der neuen Lage geboren und hatte das Licht des sorglosen Heims nie gesehen. Sie sollte lernen, lernen, lernen, um einst, auf sich selbst gestützt, den einsamen Gang ins unwirtliche Leben antreten zu können. Sie hatte noch nichts verloren – sie konnte nur gewinnen! –

Frau von Barchwitz machte bei den Thielemanns Besuch. Der Mann stand zwar nicht derselben Abteilung, in welcher sie arbeitete, vor, aber es war doch immer gut, freundnachbarliche Beziehungen zu der Familie eines Vorgesetzten herzustellen. Der Anschluss der beiderseitigen Kinder aneinander wurde von der Witwe wie von Frau Thielemann gleich gern gesehen, besonders aber von der letzteren, da ihr Fritz so gut wie keinen Umgang mit gleichaltrigen Knaben hatte und seine Freistunden kümmerlich genug in der engen Wohnung vertrauerte. Der arme Junge war zu schwach, um in dem wilden, kraftvollen Toben seiner Kameraden lange mittun zu können; er wurde dadurch oft die Zielscheibe ihres Spottes und konnte sich doch nicht mit der Faust, wie die andern, der Kränkungen erwehren. Das alles machte ihn scheu und ofenhockerisch, trotz seiner Furcht vor dem Vater, der seine Feigheit und Faulheit immer von Neuem rügte. Und da war nun der goldige Mädchenkopf Lottes über der Bretterwand des gemeinsamen Balkons aufgetaucht und hatte wie die Lenzessonne selbst sein märzkühles Kinderdasein durchwärmt und durchleuchtet.

Wenn es eine Liebe auf den ersten Blick gibt, so war sie an jenem Abend in Fritz Thielemanns jungem Herzen aufgeblitzt. Alles, alles in der Welt ward ihm dies kecke kleine Ding. Er liebte seine Mutter, aber sie war still und unlustig – was war ihre Liebe im Vergleich zu der des lauten, lustigen Mädchens, das mit seinem glöckchenklaren Lachen alle die hässlichen Kümmernisse aus seiner Seele hinausklingelte! Er hing an seiner großen Schwester, obwohl sie in der quengeligen Gouvernantenart aller »großen« Schwestern sich fortwährend an seiner Erziehung beteiligen wollte – aber wie anders hing er an dieser neuen, kleinen Schwester, die ihn doch brauchte zu ihrer Glückseligkeit, wie sehr auch sie ihn oft durch ihr Besserwissenwollen und ihre übermütigen Launen reizte. Er liebte seinen Vater – doch nein, den liebte er nicht, den verehrte er nur angstvoll! Und diese Angst und all den stillen Gram darüber, den er sonst in sich verschließen musste, konnte er nun der ernsthaft lauschenden, kindlich tröstenden Gespielin anvertrauen. So ward sie ihm Vater, Mutter und Schwester in einer Person.

Kinder, und vornehmlich schwächliche, freudarme Kinder, entwickeln nicht selten eine Liebeskraft, die der Leidenschaft so ähnlich sieht, wie der Löwin die Katze, und diese Liebeskraft wirkt mächtiger auf die Entwicklung ihres innersten Wesens ein, als alle Kunst und Sorgfalt der Erzieher es vermöchte. Und es ist eine der vielen, dummen Lügen, die man so oft hört, dass sie einem als bewiesene Wahrheiten erscheinen, dass die Kindheit den Kummer, die bissige Seelenpein, nicht kenne. Fritz Thielemann war ein ziemlich begabter Knabe, er lernte nicht eben schwer und konnte sich doch nie genug tun in seiner Gewissenhaftigkeit, bis er seine Aufgabe ganz sicher im Kopfe hatte. Und doch erwartete er in der Klasse mit bang klopfendem Herzen die Fragen des Lehrers, weil er wusste, dass er doch seine Fassung verlieren konnte, und dass er dann trotz seines redlichen Fleißes gescholten werden würde. Und wenn vollends jenes nichtswürdige, unsinnige Fragehetzen von Reihe zu Reihe anging, dann zitterte er an allen Gliedern vor Aufregung – er wusste ja die Antwort! – und nun kam er daran – und stotterte, stotterte und wurde ausgelacht und am Ende mit den dümmsten und faulsten Genossen mit heruntergesetzt. Und was will es für einen schwächlichen Körper heißen, vier bis fünf lange Stunden auf einer harten Bank zu sitzen und eine gerade Haltung zu bewahren! Ist es auch nur möglich, bis zum Schluss jeder Stunde die Aufmerksamkeit gespannt zu erhalten? Fritz war ein fantasievoller Knabe – wenn sein Leib müde wurde, begann sein Geist träumend zu wandern, und dann schreckten ihn die Fragen des Lehrers wie ein Schlag ins Gesicht empor – und wieder ward Hohn sein Schicksal, und die Tadel im Klassenbuch häuften sich, die Zensur konnte nicht gut ausfallen – und daheim erwartete ihn als erste Feriengabe die harte Züchtigung des Vaters. Ist das nicht Leids genug, um eine junge, zarte Seele ganz und gar mit dem bitteren Vorgeschmack grausamen Weltwehs zu erfüllen? Die Jugend vergisst, die Jugend hofft – aber sie leidet auch, und sie kann auch verzweifeln!

Armes Kind, wenn in heißen Sommernächten die Fenster deines Schlafzimmers offen blieben, bebte oft grausig das dumpfe, todesbange

Aufstöhnen der Opfertiere von jenem großartigen Palaste der weltstädtischen Schlächterei zu dir herüber, weckte ein leise aufschluchzendes Echo in deiner Brust, und du quältest dich weinend in den tröstenden Schlummer – den glücklichen Schlummer der goldenen Kindheit!

Lotte freilich wusste nichts von solchen jungen Leiden. Sie war gesund und kräftig, lernte leicht und gern, ließ sich in der Schule durch nichts irremachen und war eine so gute Schülerin, dass man ihr auch ihre unnützen Possen nachsah und die schönsten Zensuren mit heimgab. Sie herrschte überall, wo sie auftrat, und alle ihre Altersgenossinnen ergaben sich willig darein, denn sie fühlten wohl, dass sie nicht nur die Hübscheste, sondern auch die Klügste von ihnen allen sei. Ihr aber schienen die Spiele der Mädchen zu dumm und zahm, und es reizte sie auch, über Knaben zu herrschen. Die neue Nachbarschaft brachte ihr zum ersten Mal einen solchen näher, und wie Fritz sich ihr mit ganzem Herzen hingab, so nahm sie ihn vergnügt als ihr Eigentum ganz und gar in Beschlag. Ihre Neigung hatte nichts Schwärmerisches an sich, sie war wohl stark genug, aber kindisch-egoistisch. Das Wesen der Geschlechter war einfach vertauscht, wie es bei solchen Kinderlieben meistens der Fall zu sein pflegt. Lotte liebte männlich, Fritz weiblich – und das fanden auch beide Teile ganz in der Ordnung – nur hätte freilich Lotte gewünscht, dass ihr Freund ein wenig bubenhafter, kecker und weniger ehrbar wäre; aber es schmeichelte ihrer Eitelkeit doch wieder, dass er ihr wie ein echter, kleiner Kavalier durch allerlei Aufmerksamkeiten, kleine Hilfeleistungen und Zuvorkommenheiten seine Huldigung darbrachte. Er schleppte den Stuhl für sie heran, gab ihr von etwaigen Leckerbissen die größere Hälfte ab, ließ sie zuerst aus der Türe gehen, trug ihr die Schultasche ein Stück Weges und bot ihr sogar seinen Arm an, als sie einmal zusammen über die Straße zum Kaufmann geschickt wurden. Das Letztere fand Lotte einfach lächerlich, aber sie mochte es doch gern. Das kleine Liebespaar war bald unzertrennlich. Kaum waren sie aus der Schule heimgekommen, kaum hatten sie sich Zeit gegönnt, ihr Mittagbrot zu verzehren, als auch schon Fritz zu Lotten, oder Lotte zu Fritz kam, um gemeinsam zu spielen oder auch zu lernen. Sie überhörte ihm seine lateinischen Vokabeln, er ihr die französischen, und es machte ihnen beiden großes Vergnügen, die Brocken ihrer Weisheit untereinander auszutauschen, wie ihre Abziehbilder, Oblaten, Briefmarken oder Süßigkeiten. Ja, das war ein reines Kinderglück und half dem armen Jungen über die bitteren Kränkungen der Schulstube und dem Mädchen über die langweiligen Stunden der Einsamkeit hinweg. Es brachte warme Sonnenluft in die grausam neuen Räume. Noch waren die Tapeten nass wie eine Morgenzeitung beim Kaffee, und wenn man nur das kribbelige Muster lange ansah, hatte man schon den Schnupfen weg; doch was wollte dem jungen Volk eine gerötete Nase und eine krächzende Kehle weiter Schlimmes bedeuten, da man ja gemeinsam husten und prusten und doch dabei lustig sein konnte! Aber, ach, kleine Mädchen sind auch schon Weiber, und junges Glück ist auch launisch.

Frau von Barchwitz hatte eine alte Bekanntschaft erneuert. Eines schönen Tages hatte ein Herr Schulze bei ihr vorgesprochen und sich als ein früher bei ihren Eltern angestellter Gärtnerbursche zu erkennen gegeben, der es durch rastlosen Fleiß und einiges Glück zum wohlhabenden Kunstgärtner und Hausbesitzer in Berlin O gebracht hatte. Der Mann hatte zufällig ihren Namen im Adressbuch gefunden und sich beeilt, seinen Dank für die wohlwollende Förderung seines Strebens, welche ihm einst der alte Herr von Barchwitz angedeihen ließ, der verarmten Frau Tochter abzustatten. Sie folgte sehr gern seiner fast schüchtern vorgebrachten Einladung, ihn und seine Familie zu besuchen, und nahm natürlich auch Lotten mit.

Der Emporkömmling, und besonders der Berliner, der recht weich in der Wolle sitzt, pflegt mit behäbigem Genuss die fetten Flocken den minder Begüterten ins Gesicht zu blasen. Aber Schulzes benahmen sich durchaus nobel und bemühten sich ängstlich, die arme Tochter des früheren Gönners nicht durch aufdringliches Zurschaustellen ihres Reichtums zu verletzen. Für Lotte freilich waren allein schon die Fülle der Möbel, die Anhäufung meist geschmacklosen Modekleinkrams, die Teppiche, die schlechten Öldrucke und das alles sinnbedrückende, herzbedrückende Protztümer, deren Anwesenheit sie verstummen machte und sogar ihre Essbegier herabzudrücken schien, denn sie genoss nur wenig von den schönen Backwaren, welche als Kaffeestipfel aufgetragen worden waren. Sie drehte sich fortwährend auf ihrem Stuhl herum, um wieder und wieder sehnsüchtige Blicke durch die weite Glastür der Veranda in den großen Garten zu werfen.

»Na, junges Fräulein, ich seh's Ihnen schon an« – Herr Schulze sagte aus lauter Bescheidenheit »Sie« zu Lotte – »Sie möchten gern in den Garten. Tun Sie sich keinen Zwang an – was noch im Freien blüht, davon können Sie sich etwas abpflücken. Ich zeige Ihnen nachher auch die Gewächshäuser. Du, Rosalie«, wandte er sich an seine Frau, »unser Hermann muss doch zurück sein?«

Lotte hörte schon die Antwort nicht mehr, sondern sprang, nachdem ihr ein Blick der Mutter die Erlaubnis gegeben, eiligst auf und trollte sich hinaus.

So ein großstädtisches Kind, das seine Lebenswurzeln wie ein trotziges Efeuränklein in Stein und Mörtel gebohrt hat, kommt sich in einem Privatgarten, in welchem es ohne Scheu vor Schutzleuten, scheltenden Kindermädchen und schlafenden Sonnenbrüdern, frei schalten und walten darf, gewiss wie ein Kolumbus vor, der den Boden einer neuen Welt betritt. Der Tiergarten, der Zoologische, der Friedrichshain, und was Lotte sonst von öffentlichen Anlagen kannte, war freilich weit größer und prächtiger – aber die waren eben doch nur zum artigen Spazierengehen – dieser regelrechte, sonnige Kunstgarten dagegen war ihrer freien Willkür überlassen. Welch ein Spielzeug! Erst wagte sie kaum eine Pflanze zu berühren und sah sich ängstlich nach Warnungstafeln und Parkwächtern um, dann aber wurde sie mutig und pflückte sich flink einen dicken, bunten Asternstrauß zusammen.

Hinter dem Hause befanden sich Turngeräte, ein Reck, ein Barren, eine Schaukel. Ohne vieles Besinnen versuchte Lotte, in Letztere hineinzuklettern. Es gelang ihr erst nach längerem vergeblichen Bemühen. Aber das Ding kam durchaus nicht in Schwung, wie sehr das Mädchen auch den Oberleib vorwarf und mit den Beinen schlenkerte. Ärgerlich wollte sie sich wieder herabgleiten lassen, als sie hinter sich ein kurzes Lachen vernahm.

Sie drehte rasch den Kopf über die Schulter. Da stand ein derber Junge, frisch und rot, mit Stulpstiefeln und kurzen Hosen, die Hände in den Taschen. Das wird wohl der Hermann sein, von dem drin die Rede war, dachte Lotte und sah ihn daraufhin genauer an. Er verzog seinen Mund zu einem nicht sehr geistreichen Grinsen und beobachtete sie ebenfalls aufmerksam.

»Na!«, rief Lotte endlich, denn es fing an langweilig zu werden.

»Was machst du denn da in meiner Schaukel?«, versetzte das Bürschchen auf diese Herausforderung.

»Wie dumm. Schaukeln will ich mich!«

»Na, denn schaukle dir doch.«

»Ach, du …! Du könntest mir lieber mal einen Schubs geben.«

»So, könnt' ich? Wer bist denn du?«

»Heißt du vielleicht Schulze?«

»Na, selbstredend.«

»Dann frage mal deinen Vater, wer ich bin.«

»I, du bist jut, du kannst so bleiben.« Und damit sprang er herzu und schubste Lotte, wie sie verlangt hatte. Die Schaukel flog so hoch, dass das blonde Kind hell aufjauchzte. Es war zu schön, und sie konnte kaum genug davon bekommen.

Nachher turnte ihr der Hermann an den Geräten etwas vor; es war ganz famos, und Lotte klatschte wie im Zirkus nach jeder Glanznummer in die Hände. Dann spielten sie Zeck, und wenn Hermann Lotte einholte, was regelmäßig der Fall war, so gab er ihr jedes Mal einen so derben Klaps, dass ihr die Schulter danach brannte. Aber das schadete nicht – dafür war er auch stark genug, sie so hoch zu heben, dass sie beinahe auf den Apfelbaum hinaufgekommen wäre. Auch konnte er Rad schlagen – und da drückt man schon ein Auge zu.

Beide waren kochgar, krebsrot und sehr außer Atem, als die Eltern kamen und für heute das Ende des Vergnügens ankündigten. Erst in der Tür dachte Lotte wieder an ihren älteren Freund daheim. Es zuckten ein paar Gedankenblitze durch ihren Kopf, vor denen die Augen des Herzens sich erschrocken schlossen: Wenn Fritz Thielemann dabei gewesen wäre, wie sich der wohl neben Hermann ausgenommen hätte? Wie ihm das wohl behagt hätte, dass sie so rasch und gründlich mit dem Gärtnersohne Freundschaft schloss? Ob Fritz wohl geweint hätte?

Lotte lief, kurz entschlossen der mahnenden Wallung ihres guten Herzens folgend, zurück und fragte den Papa Schulze, der, ihnen nachschauend, noch in der Türe stand: »Darf ich das nächste Mal Fritz Thielemann mitbringen, Herr Schulze?«

»Wenn es Ihr Freund ist, Fräuleinchen, gewiss.«

»Danke, Herr Schulze.« Und sie lief der Mutter nach. Der Hermann hatte neben seinem Vater gestanden und ein böses Gesicht zu ihrer Bitte gemacht. Was tat ihr das? – Überhaupt, dieser Hermann Schulze! Er roch ganz bestimmt nach Zwiebeln, hatte nicht sehr saubere Hände und abgenagte Fingernägel! Grob war er auch; sie musste blaue Flecke am Leibe haben von seinen patzigen Knuffern und Puffern. Aber er konnte freilich Rad schlagen, ja, und dann turnte er doch zu famos – besonders die Sitzwelle! –

Wie blass Fritz heute aussah! Es fiel Lotte weit mehr auf als sonst.

»Ist dir was?«, fragte sie teilnehmend.

Fritz nickte mit dem Kopf, wandte sich ab und fuhr sich über die Augen.

»Doktor Plünnemann?«, forschte das Mädchen weiter.

»Ja, er hat mir einen Zettel mitgegeben, den Vater unterschreiben muss. Alle Sonnabend soll ich so einen mitkriegen, wo von der ganzen Woche mein Fleiß, Betragen und Aufmerksamkeit darauf zu stehen kommt.«

»Er hat dich wohl wieder schlecht gemacht, der ...«, und sie ballte die kleine Faust dazu. »Hat's dein Papa schon gelesen?«

Beide Fragen beantwortete der arme Junge mit trübseligem Nicken.

»Tat's weh?« – Dazu machte Lotte eine unzweideutige Handbewegung.

»Ich wollte, Mama wäre nicht dazugekommen – sonst hätt' er mich totgeschlagen!«

Lotte sah ihren Freund voll erschrockenen Staunens an. Er wünschte sich den Tod! Das war zu schrecklich, und sie begann zu weinen und setzte sich weit von ihm entfernt auf einen Stuhl am Fenster. Lange sprach keines ein Wort. Die Uhr tickte langsam, und das lustige Mädchen schluchzte.

Endlich sagte Fritz: »Du, Lotte – wollen wir zusammen fortlaufen?«

»Zu den Zigeunern?«, gab sie zurück.

»Wohin du willst.« –

Da trat Frau von Barchwitz mit der Lampe ein.

»Kinder! Was treibt ihr denn da? Habt ihr euch gezankt?«

Beide schüttelten energisch den Kopf, und dann winkte Lotte die Mutter zu sich heran und flüsterte ihr zu: »Darf ich Fritz mein großes Zuckerei von vorige Ostern schenken? Es hat wieder was gesetzt, und er ist so traurig!«

Die Mutter streichelte ihr das blonde Haupt und sagte: »Gewiss, mein Kind, wenn ihn das trösten kann.« Und dann holte sie das große Osterei mit dem Guckloch und der Landschaft im Innern aus dem Schreibtisch, und Lotte legte es behutsam dem Knaben in die Hand und sagte: »Da, Fritz, das schenk' ich dir – du kannst es auch essen.«

Fritz sträubte sich ernstlich dagegen, ein so kostbares Geschenk anzunehmen, und Lotte drohte endlich: »Gut, wenn du es nicht nimmst, brauche ich dich ja auch das nächste Mal nicht mit zu Schulzes zu nehmen. Dann siehst du auch Hermann Schulze nicht Rad schlagen.«

Und im Nu hatte Lotte all das Herzeleid, das ihr eben noch der Jammer des kleinen Freundes in die Seele geträufelt hatte, hinausgeworfen, und sie beschrieb dem gespannt Lauschenden mit Entzücken die Herrlichkeiten, die sie bei dem Kunstgärtner geschaut, und rühmte ihm mit beredtem Eifer die großartigen Talente Hermann Schutzes. Sie ahnte nicht, dass sie einen glühenden Brand in das leicht entzündliche Gemüt des Knaben warf, einen Brand, der die erbarmungslose, fressende Flamme der Eifersucht entfachen konnte, wenn sie ihn nicht selbst erstickte durch das kalte Bad eines vorsichtigen, duckmäuserigen Benehmens, das gar nicht in ihrer Art lag.

Mit gespanntester Anteilnahme erkundigte sich Fritz nach allen Einzelheiten ihres Besuches und wollte über die körperliche Leistungsfähigkeit des berühmten Hermann Schulze so genaue Auskunft haben, als ob er ihn als Herkules für eine Kunstreitergesellschaft zu verpflichten hätte. Er wusste nicht, was in seinem Herzen vorging, was für dunkle Ahnungen ihm wirr zu Kopfe stiegen – aber er fühlte, dass seine Pulse rascher klopften und eine seltsame Angst ihm die Brust bedrückte, so dass sein Atem kurz ging, wie nach einem raschen Laufe. –

Am nächsten Sonntag gingen die Nachbarskinder allein zu Schulzes in der Frankfurter Allee. Fritz war sehr still, solange die Erwachsenen zugegen waren, und Hermann maß ihn mit geringschätzigen Blicken und schaute dann wieder das kleine Fräulein fragend darauf an, was sie an diesem schwächlichen Bürschchen so Besonderes finden könnte, um ihm so entschieden ihr Wohlwollen, ihren Schutz angedeihen zu lassen. Lotte sah bald den einen, bald den andern von der Seite an, verglich und giftete sich im Stillen über Fritzens Ehrpusslichkeit, welche ihnen gewiss den ganzen Spaß verderben würde. Auch ihre Kinderaugen sahen wohl den großen Unterschied zwischen den beiden Knaben, und sie fühlte sich im Innersten dem zartgliedrigen, blassen Fritz blutsverwandter als dem derben, gesunden Handwerkersohne, welcher trotz seiner nicht hässlichen Züge und seiner feinen Kleidung doch seine geringe Herkunft nicht verbergen konnte, besonders in der Sprache, welche seinem Berlinertum alle Ehre machte. Aber trotz alledem, ja vielleicht gerade deswegen, empfand Lotte Fritzens kränkelnde Waschlappigkeit dem frischen Jungenwesen Hermanns gegenüber umso stärker. Wie wunderte sie sich aber, als Fritz, nachdem die Großen sie allein gelassen hatten, plötzlich einen ganz ungewöhnlich lauten, großspurigen Ton anschlug, fortwährend und über nichts lachte und schrie, alles besser wissen und besser können wollte – kurz, sich als Hans Dampf in allen Gassen aufzuspielen begann! Dies hochfahrende Wesen stand ihm jedoch übel zu Gesicht und erregte nur die Spottlust des Gegners, ohne sein Selbstbewusstsein im Geringsten einzuschüchtern. – Die Schaukel eröffnete wieder den Reigen der Vergnügungen. Fritz zwängte sich mit Lotte zusammen hinein, Hermann stieß. Das kleine Paar hielt sich eng umschlungen, Hermann sah es mit grollendem Neid und schleuderte die Schaukel so hoch er irgend vermochte. Fritz stimmte zuerst in Lottes Lustgekreisch laut ein, aber schon nach dem dritten Aufschwunge wurde ihm schwarz vor den Augen, alles drehte sich um ihn, ein Alp schnürte ihm die Kehle zu, ihm wurde sehr übel – er biss die Zähne zusammen, er wollte sich nichts merken lassen – nein, es war unmöglich! Mit schwacher Stimme rief er Halt, und dann schmiegte er sich halb bewusstlos an Lottes Schulter.

Hermann Schulze war so boshaft, nicht sofort innezuhalten. Erst auf Lottes zornig herausgeschrienen Befehl tat er es und half den armen Knaben herabheben und nach der nahen Bank geleiten. Mit unheimlich weit hervortretenden, unsteten Augen saß Fritz da und musste noch die schlechten Witze der Altersgenossen erdulden, über welche schließlich auch Lotte trotz ihres Mitleids lachen musste. Es war aber auch zu ärgerlich, sich so mit ihrem Freunde zu blamieren!

Die beiden schaukelten allein weiter, Hermann über Lotten auf dem Brett stehend und ihm kräftigen Schwung verleihend. Ja, das war freilich ein anderer Spaß, wie mit dem schwachen Kindchen, dem so schlimm wurde, dass es sich an sie klammern musste!

Fritz nahm all seine Kraft zusammen und raffte sich rasch genug auf, um an den übrigen Spielen teilzunehmen. Hermanns Turnerkünste ahmte er wohlweislich nicht nach, indem er sich nach bekannter Art entschuldigte mit dem beliebten: »Das haben wir noch nicht gehabt.«

Der Gärtnerssohn war berechnend und schlau genug, um immer wieder neue Verlegenheiten für seinen Nebenbuhler herbeizuführen. Fortwährend wusste er Wetten vorzuschlagen, Gelegenheiten zum Ringen und scherzhaftem Prügeln vom Zaun zu brechen. Fritz nahm alle solche Herausforderungen an, denn er wollte um keinen Preis feig erscheinen, unterlag aber regelmäßig und verschlimmerte die Niederlagen durch seine kindische Großmaulsucht noch bedeutend. Zuletzt wurde es auch seiner Beschützerin zu arg, denn sie ärgerte sich zu sehr über ihn. Erbarmungslos, wie selbst gutherzige Kinder so oft sind, überließ sie ihn der Willkür des Siegers und stimmte selbst mit ein in dessen Neckereien. Und der unglückliche Knabe würgte all die Bitterkeit hinunter und fuhr fort mitzuspielen und sich außer Atem zu laufen und zu schreien.

»Hast du denn deiner Braut auch schon 'n joldenen Ring jeschenkt?«, fragte Hermann plötzlich den verdutzten Gesellen – natürlich nur, um ihn in Verlegenheit zu setzen.

»Meiner Braut, haha!« Fritz lachte krampfhaft, während es ihm innerlich fast das Herz abstieß, dass er darüber so laut lachen musste, was doch heimlich sein süßester Traum war.

»Der – und einen Ring!«, rief Lotte geringschätzig. »Wer mir von euch zuerst einen goldenen Ring schenkt, der soll mein Bräutigam sein!«, setzte sie übermütig hinzu. Und dann lief sie ihnen hell lachend davon. An der Haustür erhaschte sie Hermann, umfing sie fest mit beiden Armen und drückte ihr einen schallenden Kuss auf die glühende Wange.

Als die beiden sich wieder nach dem Garten umsahen, war Fritz verschwunden. Er war ohne Abschied gleich nach der Straße hinaus- und davongegangen.

Einen Augenblick schreckte das Mädchen innerlich zusammen: Was hatte sie dem empfindlichen Freunde getan! – Aber nein, warum war er eine solche Suse! Was nötigte sie denn, sich ihre Lust von dem dummen Peter, der nichts vertragen konnte, beschränken zu lassen? »Lass ihn laufen!«, rief sie laut und flog auf den zierlichen Füßchen wie ein junges Reh vor Hermann Schulze her, der wie ein kräftiger, tappiger, junger Jagdhund hinterdreinsprang.

Er begleitete die tolle Kameradin schließlich auch nach Hause und tat beim Abschiednehmen die komische Frage: »Du, Lotte Von, nimmst du aber auch einen Bürgerlichen?«

»Na, ich werde mal sehen.«

Damit gingen sie auseinander. – –

An dem Abend sahen sich Fritz und Lotte nicht wieder. Auch am folgenden Tage nicht. Sie waren »Schuss« – wie es in der Berliner Kindersprache heißt. Aber während das eigensinnige Fräulein von Barchwitz schmollte und grollte und alle Schuld von sich abwies und einzig auf die »Haberei« des Knaben schob, verzehrte sich der kleine Thielemann in bitterer Sehnsucht nach der einzigen Freundin und hätte ihr gern alles vergeben, wenn nicht sein Ehrgefühl ihm verboten hätte, den ersten Schritt zu tun. Aber, wie sehr er sich auch gekränkt fühlte, er hatte doch bis tief in die halb schlaflose Nacht hinein nachgesonnen, auf welche Weise er wohl einen Ring für sie beschaffen könnte. Schließlich war er auf einen wahrhaft heldenmäßigen Plan geraten: Er wollte seinen kostbarsten Besitz veräußern, sein teuerstes Kleinod, das ihm ans Herz gewachsen war, wie kein lebloses Ding sonst, seine Briefmarkensammlung in dem wunderschön gebundenen Album, das er zum letzten Weihnachtsfest erhalten hatte, wollte er in der Klasse meistbietend versteigern. Von dem Erlös, meinte er, müsste er den herrlichsten Goldreif mit blitzenden Steinen erwerben können.

Am nächsten Morgen schon, also am Montag, brachte er sein Vorhaben zur Ausführung. Er hatte sich nach ungefährer Schätzung zusammengerechnet, wie viel das Buch und wie viel die seltenen Stücke der Sammlung allein wert seien, und über zehn Mark herausbekommen. Und da fingen die abscheulichen Jungen mit »zwee ute« zu bieten an und lachten ihn obendrein noch aus, als ihm über diese empörende Zumutung die bitteren Tränen aufsteigen wollten. Aber er schluckte sie hinunter und fuhr mutig fort, mit Aufgebot seiner ganzen kindischen Beredsamkeit den Preis zu treiben. »Eine Mark!«, schrie endlich der kleine Abrahamsohn, dessen Vater als sehr wohlhabend bekannt war. –

»Zwei Mark«, fistelte der junge Friedländer, der nicht so reich war, aber sich doch nicht lumpen lassen wollte.

»Zwei – fünfzig!« Abrahamsöhnchen ließ nicht locker.

»Drei Mark.« Alles starrte den Tollkühnen an. Es war der rothaarige Nauke, ein windiger Patron.

»Drei Mark zum ersten – zum zweiten und zum …?«

»Na, Abrahamson!«, rief es aufreizend von allen Seiten.

»Nee, det is keen Jeschäft nich!«, erklärte dieser überlegen – und Fritz Thielemann musste zuschlagen.

Selbstverständlich hatte der rote Naucke kein Bares bei sich, aber Fritz gab ihm das Album mit, gegen das feste Versprechen, morgen den Taler in die Klasse mitbringen zu wollen. Am Dienstag überreichte ihm der Junge fünfzig Pfennig, mit der Bitte, den Rest noch ein Weilchen anstehen zu lassen, bis er mehr flüssig machen könne. Eine heiße Kinderträne fiel auf das schmutzige Geldstück. Der arme Knabe ahnte, dass er das Fehlende nie erhalten würde. Um fünfzig Pfennig hatte er seinen Schatz hingegeben! Und was würde der Vater sagen, wenn er's erfuhr!

Was half's? Es war doch immer Geld, und Fritz lief nach der Schule in den nächsten Basar und ließ sich »goldene« Ringe zeigen. Pfui, was für Ungetüme das waren – groß genug, um von den Schlächtergesellen sonntags über den Daumen gesteckt zu werden! Er wählte den kleinsten aus, einen richtigen Trauring ohne Stein und legte sein Silberstück hin. Mit zitternden Knien schleppte er sich den weiten Weg nach Hause. Natürlich wurde er nach der Ursache des langen Ausbleibens befragt, vermochte keinen einleuchtenden Grund anzugeben und bekam eine derbe Strafpredigt vom Vater zu hören. Nun aber trat der Zweifel an ihn heran, ob er sich nicht allzu sehr demütige, wenn er nach der erlittenen Kränkung der flatterhaften Freundin zuerst entgegenkäme – und nun gar mit diesem bedeutungsvollen Geschenk. Denn es verstand sich für ihn von selbst, dass Lottes Verheißung in vollem Ernst gemeint gewesen sei. Endlich gedachte er des Grundsatzes, »der Klügere gibt nach«, beschloss, sofort nach Barchwitzens hinüberzugehen, Lotte den Standpunkt klar zu machen und sie dann durch Überreichung des Verlobungsringes gründlich zu beschämen. Mit hochklopfendem Herzen legte er sich zurecht, was er ihr sagen wollte; er drückte die Stirn an die kalten Scheiben, starrte in die Dämmerung hinaus, und dabei war ihm so ängstlich zumute, wie vor einer Schulprüfung.

Da erschien Frau von Barchwitz, um mit Frau Thielemann ein Schwätzchen zu halten.

»Na, Fritz«, sagte sie zu dem blassen Knaben, als er ihr seinen höflichen Diener machte, »dich sieht man ja gar nicht mehr. Worüber habt ihr euch denn so gezankt? Lotte langweilt sich schon grässlich.«

Fritz antwortete nicht. Wie eigensinnig das Mädel war, dass sie nicht kam, ihn zu holen, wenn sie sich so »grässlich« langweilte! Aber sie vermisste ihn doch, sehnte sich vielleicht ebenso nach ihm, wie er nach ihr. Sein Herz sprang ihr entgegen wie ein Hündchen, das seine Herrin nach längerer Abwesenheit wiedersieht. Eben wollte er um die Erlaubnis bitten, hinübergehen zu dürfen, als Frau von Barchwitz lachend zu seiner Mutter anhub: »Nein, was diese junge Brut schon für Unsinn im Kopfe hat! Denken Sie sich, da kommt gestern das Dienstmädchen des Kunstgärtners Schulze und bestellt für meine Lotte einen schönen Gruß vom jungen Herrn Schulze und überreicht ihr ein wundervolles

Bukett, einen Brief und – einen echt goldenen Ring, mit einem Türkis darin. Sehen Sie bloß, Frau Thielemann, da ist das Schriftstück.«

Und sie holte das Briefchen aus der Tasche und las:

»Liebe Lotte! Hier schicke ich dir den Ring, wie du wolltest, wenn du meine Braut werden solltest. Er ist von echt Gold. Hast du es dir überlegt mit dem *Von*? Jetzt bist du also meine Braut, und wenn er dir nicht passt, sagt Mutter, könnte man ja was einlegen lassen. Diese Feder schreibt so schlecht, daher schreibe ich so schlecht, und weiter weiß ich nichts, denn du kommst doch bald wieder spielen. Vater sagt, es gibt bald Schnee, du, dann habe ich einen sehr schönen Schlitten! Dein geliebter Hermann Schulze.«

»Was sagen Sie dazu? So ein keckes Bürschchen!«, setzte Frau von Barchwitz hinzu, und Frau Thielemann erwiderte kopfschüttelnd: »Der Junge hat doch gewiss das Geld nicht aus eigener Tasche genommen. Sehen Sie, solche Eltern, die ihre Kinder in solchen Dummheiten unterstützen, begreife ich gar nicht. Wenn unser Fritz mit so einem Verlangen käme, ich glaube, mein Mann ...«

In diesem Augenblick sprang etwas in heftigen Sätzen, metallhell aufklingend, über den Fußboden und rollte dann unter den Schrank.

»Fritz!«, rief Frau Thielemann erschrocken. Mit geballten Fäusten sich vor die Stirn schlagend, mit zitternden Gliedern und bebenden Lippen stand ihr Sohn mitten in der Stube. Voll leidenschaftlicher Wut hatte er seinen armseligen Reif fortgeschleudert. Betrogen um diese schönste Freude seines trostlosen Daseins, bestohlen um das Herz der geliebten Gespielin, umsonst das große Opfer, das er ihrer Laune gebracht! Er rang nach Atem, seine großen, unsteten Augen schienen aus ihren Höhlen zu treten, ein furchtbares, stoßendes, würgendes Schluchzen erschütterte seinen schwachen Leib – und dann brach er in wilde Tränen aus, warf sich zu Boden, schlug mit Händen und Füßen um sich und schrie laut auf in kindischer Verzweiflung.

Beide Frauen sprangen entsetzt auf, knieten an seiner Seite nieder und suchten vergebens ihn zu beruhigen. Er hieb mit einer Kraft um sich, wie wenn er in Krämpfen läge, und auf alle Fragen knirschte er nur immer wieder: »Papa soll mich doch totschlagen, er soll doch – er soll doch!« –

Nur mit großer Mühe gelang es, den armen Knaben aufzuheben und in sein Bett zu bringen. Die Mutter vergoss kaum minder bittere Tränen als ihr unglückliches Kind. Sie begriff sehr bald den Zusammenhang und zitterte vor der Art und Weise, wie der Vater diesen Ausbruch der Leidenschaft auffassen würde. Es blieb ihr nichts anderes übrig, als ihren Mann über den Grund der offenbaren Krankheit zu täuschen und eine Erkältung vorzuschieben.

»Ach was, wird wohl wieder nur das Faulfieber sein«, versetzte der harte Mann auf ihre besorgte Erzählung. –

Auch Frau von Barchwitz konnte in jener Nacht lange keinen Schlaf finden. Sie dachte an ihre beiden untergegangenen Töchter. Und dieser lachende Übermut der jüngsten, welcher nun auch schon in Knabenherzen solches Unheil anzurichten vermochte, war das der Vorläufer jenes frevelhaften Leichtsinns, der die Schwestern in den Abgrund der Schande gestürzt hatte? Sollte sie das glühende Eisen äußerster Strenge an jenen wunden Fleck in der Seele ihres Kindes legen? Die kecke Laune, die jetzt dem holden Geschöpfchen so reizend stand, sollte sie einst zu einem fressenden Krebsschaden werden und Leib und Seele vergiften? Durfte sie aber dem glücklichen Kinde seine strahlende Unbefangenheit trüben, es durch Verbote auf Gefahren hinweisen, die seine Unschuld sich nicht träumen ließ? Nein, tausendmal nein! Sie konnte nicht die Todsünde auf sich laden, einem Menschen die Jugend zu rauben. Wenn es ein Schicksal war, wenn sie mit ihrem Mutterblute Gift in die Adern der eigenen Kinder gegossen hatte, ohne es zu wissen, nun dann würde dieses Schicksal, welches ihr ihr Letztes abforderte, zugleich auch ihr eigenes Haupt treffen müssen. Mochte das Mädchen den Weg einschlagen, der zum Abgrund führte, wenn das unausbleiblich war, im Finstern sollte es ihn dann wenigstens nicht wandeln – lieber mag es lachend in hellem Sonnenglanz hineinlaufen! Glückliche Kinder werden gute Menschen – daran wollte sie auch glauben! Und selbst wenn das falsch war: lieber ein glückliches Kind mehr, als eine Dirne weniger! –

Während Fritz Thielemann sich im Weinkrampf auf dem Boden wälzte, hatte Lotte von Barchwitz, aufmerksam gemacht durch den Aufschrei der Mutter, ihr Ohr an die dünne Wand gelegt und mit Grausen die Stimme ihres treuen Freundes aus dem Schluchzen und Stöhnen herauserkannt. Sie ahnte nicht, dass sie selbst an all dem Jammer schuld war, denn ihr kindlicher Flattersinn vermochte eine so tiefe Leidenschaft noch nicht zu begreifen. Aber warme Tränen innigsten Mitgefühls strömten über ihre Wangen; er litt, der ärmste Freund, und sie wusste nicht warum, und konnte ihm nicht zu Hilfe eilen. Ja, nun fühlte sie es an dem raschen Pochen ihres Herzens, an ihrer Seelenangst, wie lieb ihr der blasse Knabe war, und wie viel näher er ihr doch stand, als jener rotbäckige Gärtnerssohn, der ihre Neigung mit keckem Griffe an sich gerissen hatte. Der besaß ja doch nur ein Faustrecht auf ihre Gunst, Fritz aber ein Herzensrecht. Lotte drehte den Türkisring an ihrem schlanken Goldfingerchen hin und her – und da fiel ihr plötzlich ein: Ach, liebe Zeit, wenn er's ernst nimmt, dann muss ich ihn ja heiraten, und dann muss ich Frau Schulze heißen, solange ich lebe! Das ist doch gar nicht schön. Und dann riecht er wirklich doch sehr nach Bollen – puh! Wo sie mit so viel Zwiebeln kochen, da ist es nicht fein. Das war ein Grundsatz, den sie aus der ausgesprochenen Abneigung ihrer beiden Eltern gegen diese Würze sich angeeignet hatte. Und Fritz Thielemann war immer so sauber und appetitlich, und nett und wohlanständig, und tat alles, was sie wollte und – Frau Thielemann hörte sich doch auch hübscher an! Sie zog den Ring vom Finger und wollte ihn ärgerlich fortwerfen, wie Fritz es mit dem seinigen getan hatte; aber nein; dazu war er doch zu prachtvoll! Sie legte ihn vorsichtig ganz unten in den Kasten, in welchem sie ihre Puppenkleider aufbewahrte, und streute dann hastig alle die bunten Fähnchen darüber.

Am nächsten Tage, gleich nach der Schule, zog sie die Klingel bei Thielemanns. Sie hatte den guten Vorsatz gefasst, das dumme Schmollen aufzugeben und ihrem Freunde zuerst die Hand zur Versöhnung zu bieten. Zwar hatte sie kein Osterei mehr als Sühnegabe, aber sie wollte sehr gut zu ihm sein. Frau Thielemann öffnete ihr selbst die Tür und prallte förmlich zurück, als sie die unschuldige, kleine Übeltäterin erblickte. Sie wies sie ziemlich kurz ab mit der Erklärung, dass Fritz krank sei und nicht sprechen dürfe; denn sie fürchtete, dass der Anblick des Mädchens dem Kranken durch neue Aufregung gefährlich werden könnte.

Dem guten Kinde wurde es weh ums Herz. Es kämpfte mit den Tränen und sagte schüchtern: »Darf ich nicht wenigstens bei ihm sitzen, ihm etwas vorlesen oder … er braucht ja gar nicht zu sprechen!«

»Nein, mein Kind. Der Arzt hat es verboten. Aber ich will ihn von dir grüßen.« Damit schlug sie die Tür wieder zu.

Sonderbar, dass auch die Mutter so verlegen nach Worten suchte, als Lotte sie fragte, was denn ihrem Gespielen fehle. Zum ersten Mal in ihrem Leben war Lotte sehr traurig und machte sich Gedanken.

Es war am dreißigsten November, der erste Schnee war gefallen. Lotte ging auf den Balkon, um sich einen Schneeballen zu machen zu irgendwelchem Schabernack. Sie hatte Hut und Mantel noch an, denn sie war eben aus der Schule gekommen, und die Mutter noch nicht zu Hause. Sie beugte sich über die Brüstung, um unter den auf der Straße tobenden Jungens ein Ziel für ihr kaltes Geschoss zu suchen. Da sah sie Fritz Thielemann, den sie noch krank im Bette glaubte, unten aus der Haustür treten. Rasch entschlossen rannte sie an der verdutzten Aufwärterin vorbei aus der Wohnung, flog die Treppe hinunter und lief, was sie konnte, dem Knaben nach, welcher den Weg nach dem Viehhof eingeschlagen hatte. Auf dem Fußpfade, der das freie Feld vor der Südseite der weiten Baulichkeiten durchschneidet, holte sie ihn ein. Fast schien es, als ob er vor ihr fliehen wollte, als er ihre leichten Tritte hinter sich hörte und, sich umwendend, sie erkannte. Aber als sie ihn anrief, blieb er stehen und harrte ihrer mit niedergeschlagenen Augen.

Ganz außer Atem kam sie heran und reichte ihm die Hand. »Ich denke, du bist noch krank?«

»Nein, ich bin gestern wieder zur Schule gegangen.«

»Warum haben sie mich denn nicht zu dir gelassen? Warum bist du denn nicht zu uns gekommen, wie du wieder aufstehen durftest?«

Fritz stand schweigend und warf mit der Stiefelspitze den Schnee auf. Endlich sagte er ganz leise: »Ich denke, du magst mich nicht mehr.«

»Du meinst wohl wegen des dummen Ringes?«

Fritz nickte: »Ja.«

»Da – wo ist er?«, rief Lotte, zog rasch ihre Handschuhe ab und hielt dem Knaben die leeren Hände entgegen. »Ich mochte ihn gar nicht. Mama hat ihn Schulzes wieder hingetragen. Du brauchst auch nicht zu denken, dass ich dir böse bin, weil du mir keinen geschenkt hast: Es war nur, weil du neulich bei Schulzes dich so gehabt hast und so dumm weggelaufen bist.«

Fritz' gute, sanfte Augen leuchteten hell auf vor Glück: »Du kannst mich also noch leiden?« Und die Tränen begannen zu fließen.

»Na, heule nur nicht gleich!«, sagte Lotte und lachte lustig. Aber auch ihr war ganz eigen zumute, und sie war doch von Herzen froh, dass es nun ausgestanden und alles wieder gut sei. Sie fassten sich bei der Hand, schlenkerten mit den Armen und betraten so den Viehhof, wo Fritz seinen Vater abholen sollte.

Sie hatten kaum das Tor passiert, als Fritz von einem Schneeball recht empfindlich im Rücken getroffen wurde.

Hermann Schulze war es gewesen – kein anderer! Da stand er mitten in der Einfahrt neben seinem Schlitten und freute sich diebisch über den Schreck, den er dem Nebenbuhler verursacht hatte.

Lotte aber fasste sich sehr rasch, bückte sich, formte einen Ball und sagte: »Na warte! Komm, Fritz, den wollen wir mal einseifen.« Ungeschickt, nach Mädchenart schleuderte sie ihren Ball – er fiel weit von dem Ziel zur Erde. Fritz holte mit dem seinigen so mächtig aus, als wollte er über das ganze Feld weg bis an die ersten Häuser werfen. Er verfehlte jedoch gänzlich die Richtung. Hermann lachte höhnisch und trat einige Schritte vor, um ihnen das Treffen leichter zu machen. Seine Kameraden, die mit ihren Handschlitten hinter ihm auf der Straße standen, jubelten ihm Beifall zu. Immer erregter, rascher und ungezielter schleuderte das kleine Paar die locker zusammengeklumpten Geschosse, ohne dass Hermann sich rührte. Endlich traf ihn ein Ball von Fritz gegen die Brust. Da griff er in den Schnee und sagte: »So, nu komm ich dran!« Fritz kehrte sich rasch um und hielt ängstlich die Hände vor den Kopf. Aber der wohlgezielte Ball traf und riss ihm die Mütze herunter. Da stoben plötzlich mit lautem Gekreisch die Knaben auf der Straße davon, fluchende Männerstimmen, ein dröhnendes Gebrüll, ein galoppierendes Stampfen, dumpfes Schnauben wurde von den Ställen an der linken Seite her laut, und als die Kinder sich umbückten, sahen sie, wie ein wütender Stier mit verbundenen Augen seine beiden Führer, halbwüchsige Burschen, in raschem Laufe mit sich fortriss. Da fiel der eine zu Boden und ließ den Strick fahren, das Tier warf mit einem gewaltigen Ruck das langgehörnte Haupt herum – da musste auch der andere das Seil fahren lassen, und nun stürmte der blinde Unhold frei daher, gerade auf die Kinder los.

Lotte kreischte laut auf und vermochte sich vor Angst nicht von der Stelle zu rühren. Fritz fiel vor Schreck halb ohnmächtig zu Boden und umklammerte Lottes Knie. Aber schnell wie der Blitz war auch Hermann hinzugesprungen, hatte sich breitbeinig vor die beiden gestellt und seinen Handschlitten wie einen Schild hoch erhoben. Der Stier raste so dicht an den dreien vorbei, dass das Ende eines der Leitseile Hermann gegen die Beine schlug, aber – Gott sei Dank! – er raste vorbei! Die Kinder waren gerettet. Als der erste Schreck vorüber war, erlöste ein heftiges Weinen Lotte aus ihrer Erstarrung. Sie stieß Fritz, der noch immer zitternd am Boden kauerte, mit dem Fuß weg und hing sich schluchzend an Hermanns Hals.

»Feigling!«, sagte der unerschrockene Bursche verächtlich, nahm Lotte bei der Hand und führte sie nach Hause.

Fritz blieb noch mehrere Minuten an derselben Stelle liegen und vermochte sich nicht zu rühren, so war ihm die Angst in alle Glieder gefahren. Ein Schlächtergeselle half ihm auf und geleitete ihn in das Hauptgebäude, in welchem der Vater arbeitete. Da hockte er in der heißen Stube auf dem Stuhl in der Ecke, wartete auf den Vater – und sehnte sich nach dem Ende, wie nur je ein trost- und hoffnungsloser Mensch sich danach gesehnt hat! Und von draußen her drang, zwar gedämpft durch die Scheiben, aber darum nur umso unheimlicher, das tausendstimmige Konzert der Schlachttiere aus allen Ställen in der Runde. Es war, wie wenn der Empörungsruf des durchgegangenen Stiers bei allen den gefesselten Leidensgenossen den gellenden Jammer der Todesangst als Echo erweckt habe. Dieses Kind wusste wenig mehr vom Tode, als die Opfertiere da draußen in ihren weiten Gefängniszellen, aber es sehnte sich nach der Erlösung, welche jene mit ahnungsvollem Grausen zu erfüllen schien.

In der Schule ging es jetzt noch schlechter mit Fritz Thielemann. Es war ihm ganz unmöglich, seine Aufmerksamkeit dauernd an den Gegenstand des Unterrichts zu fesseln. Was ihm im Kopfe herumging, das waren ernstere Dinge als lateinische Vokabeln. Aber das konnte freilich die Lehrer nicht kümmern. Er wurde in allen Fächern der letzte in der Klasse und die Berichte, welche der Ordinarius ihm am Sonnabend für den Vater mitgab, wurden immer schlimmer. Die bekümmerten Mahnungen der Mutter halfen dem armen Kinde wenig; kaum dass es ihr gelang, es vor den schlimmsten Misshandlungen zu schützen. Herr Thielemann war ganz außer Fassung gebracht durch die Schande, die ihm sein Jüngster machte, derselbe, von dem er so sicher die Wiederherstellung seines Namens zu Ehren und Ansehen, zu Bildung und Reichtum erhofft hatte. Er wusste doch zu gut, dass sein Sohn durchaus nicht dumm, nicht unbegabt sei. Für die zarte Empfindsamkeit seines Gemüts hatte er freilich gar kein Verständnis, denn er selbst war ein derber, nervenstarker, unverfrorener Bursche gewesen, dem niemals irgendwelche »Gefühle« Schmerzen gemacht hatten. Das Gerede von seiner Liebe, der verzehrenden Eifersucht, ja selbst von seiner Schwäche galt ihm als lächerliches Weibergewäsch, worauf sich gar keine Antwort lohnte. –

Am zehnten Dezember, einem Sonntage, war es, als Herr Thielemann nach dem Frühstück den unterschriebenen Zettel des Klassenlehrers an Fritz zurückgab.

»Du weißt, Fritz«, sagte er strenge, »in vierzehn Tagen ist Weihnachten. Das ist mir der letzte solcher Zettel gewesen, oder, so wahr ich hier stehe, du gehst bei der Bescherung leer aus. Merke dir das – ich habe das ewige Ermahnen jetzt satt. Halt, noch eins. Ich will einmal zu dir reden, als ob du nicht ein fauler, schlapper Schlingel, sondern ein vernünftiger Mensch wärest – vielleicht bleibt doch etwas davon sitzen: Ich bin einmal ein wohlhabender Gutsbesitzer gewesen, weißt du, nachdem ich den Rock des Königs ausgezogen hatte. Es ist wahrhaftig nicht meine Schuld gewesen, dass ich jetzt hier im vierten Stock wohnen und euch kümmerlich von meiner untergeordneten Stellung ernähren muss. Ich habe mir vorgenommen, dich studieren zu lassen, und wenn ich mir das Hemd vom Leib verkaufen müsste, um das durchzusetzen. Deine Schwester ist nur ein Mädchen und hat's durch eisernen Fleiß doch soweit gebracht, dass sie nicht zu verhungern braucht ohne mich. Und du, Junge, solltest nicht so viel Ehrgeiz besitzen, um es wenigstens ihr gleich zu tun? Du sollst mir ein Beamter werden, oder ein Gelehrter – irgendetwas, das mit Stolz Thielemann heißen darf. Ich kann dir keinen Pfennig hinterlassen, wenn ich sterbe. Dann musst du für dich selbst sorgen und womöglich noch deine Mutter ernähren können – begreifst du das? Ich will mit dir arbeiten, mein Junge, wenn du allein nicht vorwärts kommst, ich will dir auch jede Freude und Erholung gönnen, die in meinen Kräfte steht; aber ich will auch endlich von dir ein wenig Ernst und redlichen Willen sehen. Damit kann man viel erreichen in der Welt. Nicht wahr, solche Dinger bringst du mir nicht wieder, Fritz?«

Sein Finger bebte, als er bei den letzten Worten auf jenen Zettel wies, und auch seine Stimme war in der Erregung weicher, leiser geworden. Er streckte dem Sohn seine Hand hin. Und Fritz legte seine kalte, schmächtige Rechte hinein und sagte mit ersticktem Ton, der merkwürdig fest klang: »Nein, nie wieder, Papa!«

Später schenkte ihm der Vater zwanzig Pfennige und erlaubte ihm, mit der kleinen Barchwitz auf den Weihnachtsmarkt zu gehen, um sie zu vernaschen.

Fritz zog seine besten Kleider an, und dann ging er hinüber zu Barchwitzens. Lotte saß allein in der Wohnstube bei ihrer Häkelarbeit.

»Guten Tag, Lotte Von«, sagte er, trübselig lächelnd.

»Guten Tag, Herr Thielemann«, antwortete sie schnippisch.

»Kommst du mit auf den Weihnachtsmarkt?«

»Mit dir!?«

»Nun, dann geh ich allein. Adieu, Lotte.«

»Adieu.«

»Lotte, ich – ich habe da noch etwas für dich, das wollt' ich dir gern zu Weihnachten schenken. Da ist es.« Er legte ein winziges Päckchen in Papier auf den Tisch.

»Was ist denn drin?«, fragte Lotte neugierig und erhob sich vom Sofa, in dessen Ecke sie sich bequem zurückgelehnt hatte.

»Bitte, Lotte, mach' es erst zu Weihnachten auf. Steck' es so lange fort.« Das Mädchen nickte mit dem Kopfe und guckte mit ihren dunklen Schelmenaugen verwundert ihren einstigen Freund an. Denn seit dem Abenteuer auf dem Viehhofe hatten sie sich kaum mehr gegrüßt.

Da stand er noch immer an der Tür und drückte seine Pelzmütze mit allen zehn Fingern zusammen. »Adieu, Lotte!«, sagte er noch einmal.

Er sah so furchtbar blass und elend aus! Er tat ihr doch leid. Sie reichte ihm freundlich die Hand und sagte: »Ich danke dir für das da, Fritz. Es ist sehr nett von dir, und ich will es nicht aufmachen. Aber ich kann nicht mitgehen, weil Mama nicht zu Hause ist, weißt du.«

»Dann – adieu – Lotte!«

Es wollte ihr schon komisch vorkommen, dass er so oft Abschied nahm. Aber es klang so eigen, sie wusste nicht weshalb. Und nun ging er auch wirklich. Er rannte die Treppe hinunter, wie wenn ein Gespenst hinter ihm her jage. – Natürlich öffnete Lotte das Paket, sobald sich die Flurtür hinter ihm geschlossen hatte. Der goldene Verlobungsring aus dem Fünfzigpfennigbasar lag darin und dabei ein Zettel: »Atjöh, Lotte, ich bin dir guht!«

Sie lachte laut und lange und steckte den Ring an ihren Finger ...

Indessen lief Fritz Thielemann so rasch er konnte nach dem Alexanderplatz und weiter durch die Königsstraße, über die Kurfürstenbrücke. Er verlor sich im Gewühle des Weihnachtsmarktes am roten Schloss. Seine Gedanken weilten fern von all diesen Herrlichkeiten, und doch war er sich keines Gedankens bewusst, und doch starrte er die Auslagen in den Läden und in den Buden an, schaute und merkte nicht, was er sah, ließ sich stoßen und drängen und fand das ganz in der Ordnung. Ihm war sehr heiß von dem langen Marsch, obwohl der Tag sehr kalt war. Seine Knie zitterten vor Müdigkeit, aber er dachte nicht daran, sich nach einem Sitz umzutun. Er mochte schon einige Stunden so herumgestanden haben, ohne sich der Zeit bewusst zu werden, als er endlich merkte, dass er Hunger habe. Nach langem, unentschiedenen Zögern kaufte er sich für seine zwanzig Pfennige Pfefferkuchen. Sonst hatte er sich so auf den ersten Christmarktskuchen gefreut, und jetzt würgte er das Gebäck hinunter, wie wenn es alte Semmel wäre. Die Menschenflut hatte ihn bis an die Museumstreppe getragen. Dort setzte er sich einen Augenblick nieder. Doch nein, man konnte nicht still sitzen, dazu war es kalt. Er raffte sich mühsam wieder auf und schleppte sich weiter nach den Linden zu. Die Laternen wurden angezündet. Mit weit offenem Munde, die Hände in den Taschen des Überziehers, von einem Fuß auf den andern springend, staunte er längere Zeit das Standbild Friedrichs des Großen an, das gespenstisch aus dem wehenden Nebel tauchte. Dann trottete er langsam weiter – durch das Brandenburger Tor und dann noch weiter – die Tiergartenstraße hinunter. Er war nie zuvor hier gewesen. Er wusste, dass hier die großen, mächtigen, reichen Leute wohnten. Er sah die erleuchteten Fenster der prächtigen Villen und Paläste, er sah elegante Equipagen vorfahren und in üppigen Pelz gehüllte Damen aufnehmen, um sie in die Theater, die Konzerte, die Wohltätigkeitsbasare und arme Kinderbescherungen zu führen. So ein großmächtiger Mensch sollte er, der Fritz Thielemann, auch werden, hatte der Vater gesagt. Mit Fleiß und redlichem Willen lasse sich das alles erreichen!

Das todmüde Kind – es konnte noch lächeln bei dem Gedanken; denn es wusste besser, was sich erreichen ließ und was nicht! In der Nähe musste ja ein Wasser sein. Fritz hatte von der Eisbahn im Tiergarten gehört. Er hatte schon mehrmals versucht, den dunklen Wald zu betreten, war aber immer wieder zurückgeschreckt vor den Schauern der einsamen Finsternis. Endlich fasste er sich ein Herz – es musste ja sein: Er wollte ins Wasser springen, und dann war es ja vorbei mit aller Pein! Wie konnte er sich vor der Nacht fürchten, wenn er sich vor dem kalten Tode nicht fürchtete?! Er bog in den ersten besten Querweg ein, und er hatte es gut getroffen, da lag der Wasserspiegel vor ihm – aber das Wasser war Eis und dünner, graupiger Schnee lag darüber.

Sollte er am Ufer hinunterkriechen und versuchen, ob die Eisdecke ihn trüge? War sie dick genug, dann wurde sein Vorhaben ja vereitelt, und brach er ein, so nahe am Ufer, so hätte er doch nicht ertrinken können und sich vielleicht wieder herausgearbeitet. Was sollte er tun? Er fühlte sich so schwach, dass er unmöglich mehr sich bis zur Spree schleppen konnte, die noch eisfrei war, wie er wusste.

Wie grässlich hexenhaft die dürren Äste sich über die leblosen Gewässer hinstreckten! Wie die Nebelgeister mit lang schleppenden Gewändern zwischen den Bäumen hindurchschlichen! Wie es raschelte und knackte hinter ihm in dem verschneiten Laub, in dem dürren Gezweig! Aber er verspürte keine Angst mehr. Sein Hirn brannte wie Feuer, seine Füße waren wie Eis. Vor seinen Augen drehte sich alles im tollen Wirbeltanz. Da war eine Bank, zwei Schritte von ihm. Er taumelte darauf zu und fiel schwer auf den Sitz. Die Sinne vergingen ihm.

Ein paar Minuten lag er so; dann schlug er die Augen wieder auf und sah umher. Das schmerzhafte Gefühl des leeren Magens hatte ihn geweckt. Er versuchte, sich aufzurichten. Es war vergeblich – er fühlte seine Füße nicht mehr – sie waren erfroren. Da griff er in seine Überrockstasche und holte daraus jenes Osterei hervor, welches Lotte ihm einst zum Troste geschenkt hatte. Seine steifen Finger umkrampften es unwillkürlich. Es brach entzwei, und er führte die Stücke mit äußerster Anstrengung zum Munde. Wie ein Kindchen, dass sich an seinem Daumen in Schlaf saugt, so sogen die erstarrten Finger des unglücklichen Knaben an den süßen Trümmern des einzigen Liebes- und Glückspfandes, das er je besessen, sich in den ewigen, erlösenden Schlaf des Todes. –

Der Wind sprang um nach Mitternacht. Er wehte feucht und weich und zerzauste die schwarz drohenden Wolken am Himmel. Mit ihrem weichen, kühlen Leichentuch bedeckte die barmherzige Winternacht den kleinen Leichnam dort auf der Bank; der Mond brach durch die Wolken, rötlich schimmerten seine Strahlen durch die wallenden Dunstschleier und überhauchten die bleichen Wangen des Kindes mit dem warmen Scheine des Lebens.

Mein erstes Abenteuer

Ich war neunzehn Jahre, eben dem Gymnasium entronnen, besaß eine prachtvolle Lebenslust, verbunden mit einer gewissen wohlanständigen Lebensscheu, ein halbes Dutzend unzweifelhaft blonder Härlein unter jedem Flügel der etwas schüchternen Nase, eine schlanke Figur, eine Krone mit sieben Tüpfeln auf dem Taschentuch und eine leidlich wohlgespickte Börse in der Tasche. Mit diesem leichten Gepäck hatte ich meine erste »Kavalierstour« unternommen und mich einige Monate lang in England umgesehen. Ein deutscher *moonshine baron* – wie Lord Beaconsfield, der torystische »lange Israel«, sich einmal despektierlich ausgedrückt haben soll – will nun zwar im Paradiese der *mutton chops* ganz und gar nichts besagen, und ein neunzehnjähriger noch viel weniger; dessenungeachtet stieg ich aber doch durch den steten Verkehr mit so viel solidem Glanz, vornehmer Langeweile und exquisitem *pale old sherry* oder *dry champagne* derart in meiner Selbstachtung, dass ich nur am Ende meines insularen Aufenthaltes denn doch ungemein gereift vorkam. Nur die fatale jünglinghafte Scheu vor dem andern und manchmal sogar schöneren Geschlecht klebte meinen frühlingsgrünen Jahren noch fest an, wie ich mir zu meiner eigenen Beschämung gestehen musste. Zwar verstand ich eine tadellose Verbeugung auszuführen, älteren Damen von Extraktion die fingerlosen, seidenen Handschuhe zu küssen und einer schönen Tischnachbarin die Soße möglichst nicht auf das Kleid zu schütten; aber es war mir bisher noch nicht gelungen, auch nur das kleinste galante Abenteuer zu bestehen, wie sehr ich mich auch des Öfteren bemüht hatte, eine niedliche *parlour maid* oder so etwas auf das Unzweifelhafteste auszuzeichnen. Oh, wie viele schwere Seufzer hatte mich dieser leidige Umstand schon gekostet! Und es geschah doch gewiss in gerechter Entrüstung, dass ich die grässliche Bartsalbe, welche ich aus Deutschland eingeschmuggelt, und während der Überfahrt zuerst angewendet hatte, ihrer empörenden Nichtsnutzigkeit wegen an irgendeinem öffentlichen Ort aussetzte!

An meinem letzten Tage in London war ich ein ganz freier Mann. Keine Anstands- oder Verwandtschaftspflichten irgendwelcher Art waren mehr zu erfüllen – und ich hatte daher beschlossen, diesen letzten zum schönsten Tag meines Aufenthalts zu machen. In meiner

Börse befanden sich noch einige Guineen mehr als zur Heimkehr durchaus nötig waren, und diese sollten gewissenhaft verjubelt werden.

Aber als ich so etwa zwei Stunden planlos durch die Straßen der City geirrt war, an allen Schaufenstern stehenbleibend und mir den Kopf zerbrechend über die schwierige Frage, was ich nun zunächst unternehmen sollte, um so recht als *tremendous shwell* mich aufzuspielen, da war ich auch schon zu der Einsicht gekommen, dass dies ohne erfahrene Leitung für einen so impertinent harmlosen jungen Mann von Stande eine ungemein schwierige Sache sei. Für den Abend hatte ich mir Vauxhall vorgenommen; aber wie den Tag, den lichten, langen Tag schneidig totschlagen?

Da fiel mir eine Anzeige ins Auge: »*Crystal Palace, Sydenham, Monday Popular Concert*«. Aha, die berühmten *Monday Pops*! Sinfonie von Beethoven, und unter den Solisten lauter »Herren und Fräulein«! Also fast deutsch, klassisch, furchtbar anständig, unzweifelhaft moralisch – aber nein, dachte ich, von deinem Beethoven verstehst du mehr, als alle diese *ladies and gentlemen*, da bist du zu Hause und darfst die guten, deutschen Ohren spitzen, ohne fürchten zu müssen, dass sie den *englishmen* zu lang vorkommen, wie es anderswo am Ende doch der Fall sein könnte. Ich entschloss mich kurz und brav und fuhr mit der *underground* spornstreichs nach Sydenham hinaus.

Die Sehenswürdigkeiten des Kristallpalastes kannte ich bereits und begab mich daher unverweilt in den Musikraum. Ich kam gerade zum Scherzo der *Eroica* zurecht, und über den lieben, vertrauten Klängen vergaß ich meine beschämenden neunzehn Jahre sowie meine zwölf Barthärchen, und fühlte mich bei diesen leichten Noten weit glücklicher, denn als eingebildeter Schwerenöter!

Und um das Vergnügen noch zu erhöhen, entdeckte mein scharfes Auge an einem der ersten Geigenpulte einen guten, alten Bekannten: meinen famosen Karl Ferdinand Müller, den Mann, der dem Quartaner zuerst gezeigt, wie man einen Frosch mit den Fingerspitzen ergreift und durch Streichen mit Pferdshaaren, feingesponnenen Katzendärmen die herzzerreißendsten Laute entlockt – das heißt, meinen langjährigen Geigenlehrer, welcher mit Ausdauer und lobenswerter Strenge mich soweit gefördert hatte, dass ich bei einem Haydn'schen Quartett ganz leidlich mittun konnte. Er war zwar zehn bis zwölf Jahre älter als ich, aber immer ein fideles Haus gewesen und außerhalb des Unterrichts durchaus kameradschaftlich mit mir umgegangen. Ich freute mich daher ganz ungeheuer, meinen Karl Ferdinand Müller hier so unversehens wiederzufinden, und machte mich an ihn heran, sobald in der nächsten Pause die Musiker die Tribüne verließen.

Dank der Schattenlosigkeit meiner Oberlippe war auch ich nicht im Geringsten unkenntlich geworden, und mein alter Lehrer rief mich sofort beim richtigen Namen, ergriff meine beiden Hände und schüttelte sie mindestens fünf Minuten lang unausgesetzt – so sehr freute er sich, mich wiederzusehen.

»Aber nein, mein liebes Barönchen, Sie haben sich auch nicht im Mindesten verändert! Ganz der Alte – Sie sitzen jetzt wohl schon in Sekunda? – Was, schon fertig mit dem Pennal? Also *mulus*, Maulesel, wie man zu sagen pflegt! – Nein, wird sich meine Frau freuen, Sie kennenzulernen – Sie Maulesel, Sie herziger!«

Von jedem andern hätte ich mir diese bedenklichen Redensarten energisch verbeten; aber ich kannte ja meinen alten Karl Ferdinand Müller, ein zu urgemütliches Haus – wenn er auch den Mund manchmal ein bisschen voll nahm.

»Sie sind also verheiratet?«, unterbrach ich endlich seinen immer neu aussprudelnden Begrüßungsredefluss.

»Jawohl, seit einem Jahre, *old boy*. Ein reizendes Schnuckerl von einem Weiberl!« Er hauchte einen Kuss in die Luft. »Aber Sie müssen selbst kommen und sie sehen, Barönchen! Natürlich sind Sie für heute mein Gast. Ich bin heute Abend ausnahmsweise einmal frei – da wollen wir einmal eine rechte Hetz' loslassen, was, Barönchen? Patentes Kerlchen geworden – sapperment! Nur noch so ein bisschen Kanaan im Angesicht!«

»Kanaan?«

»Nun ja, das Land, da Milch und Honig fließt – ich meine eigentlich Milch und Blut – haha! Aber das ist ja ganz egal, was?«

Er bat mich, ihn nach Schluss des Konzertes nach Hause zu begleiten und sein bescheidenes Mittagsmahl mit ihm zu teilen. Ich muss bekennen, dass ich mit einigem Bangen der Begegnung mit seiner jungen Frau entgegensah, da ich befürchten musste, der etwas sehr ungezwungene Ton, den er gegen mich anzuschlagen beliebte, könnte mich der Dame gegenüber einigermaßen als komische Figur erscheinen lassen.

Aber es wurde nicht so schlimm. Er wohnte in einer Vorstadt SW – den Namen der Straße habe ich vergessen – sehr vornehm war jedenfalls weder die Gegend noch das Haus, und wir mussten verwünscht hoch klettern. Er öffnete die Flurtür mit einem Drücker und geleitete mich in das Wohnzimmer. Ein bisschen unordentlich sah es darin aus, sonst aber ganz nett und sehr deutsch; denn der Goldfischhafen, der Kanarienvogel und die drei Blumentöpfchen fehlten keineswegs, sowie auch die so beliebten gehäkelten Schoner auf Sofa und Stühlen nicht gespart waren. Verschiedene Damengarderobenstücke lagen über der Lehne des schönsten Polsterstuhls, ein Korb mit Wäsche stand auf dem Tische, und über das Geigenpult war ein feuchter Gegenstand zum Trocknen ausgebreitet.

Das war so der erste Eindruck. Ehe ich mich aber weiter umschauen konnte, tat sich die Tür halb auf, und ein sehr blonder Kopf schob sich durch die Spalte, um sofort mit einem kleinen Aufschrei wieder zu verschwinden.

»Aber, so komm doch herein, Mimi!«, rief Karl Ferdinand. »Ich habe dir einen lieben Gast mitgebracht.«

»Ach nein, ich bin ja noch gar nicht angezogen«, gab eine hohe Stimme von drinnen zurück.

»Noch gar nicht angezogen! Oh trauter, heimatlicher Laut!«, dachte ich. »Gerade wie Frau Amalia Dammelbock, meine gute Pensionsmutter!«

Karl Ferdinand ging hinaus, um mit seiner Frau wegen der Bewirtung Rücksprache zu nehmen, natürlich nicht ohne mir zuvor hoch und heilig versichert zu haben, dass sie sich meinetwegen nicht die geringsten Unbequemlichkeiten machen wollten.

»Sie müssen eben mit unserem alltäglichen Menü vorliebnehmen, Barönchen. So drei bis höchstens vier Gänge und ein Gläschen guten Rotspon dazu, das ist alles, was sich ein armer Künstler gestatten kann.«

»Na, dann geht's ja noch«, dachte ich.

Mein Freund war kaum hinaus, als sich die Tür wiederum halb öffnete und ein halbwüchsiges Mädel, offenbar durch einen rückwärtigen Stoß in Schwung gesetzt, ins Zimmer hereinflog. Der Unglückswurm starrte mich einen Augenblick mit offenem Munde an, kicherte dann ungemein albern in sich hinein und raffte in ungeschickter Hast die erwähnten Kleidungs- und Wäschestück zusammen, warf sie auf den Korb und schleifte endlich diesen und sich selber wieder hinaus.

Nun blieb ich abermals allein, und zwar eine geraume Zeit, während der ich mir einigermaßen töricht vorkam, und mir eines grässlichen Hungers immer bewusster wurde. Hätte ich nur ein Stück Brot zur

Hand gehabt, so wäre ich wahrscheinlich imstande gewesen, einen der Goldfische heimlich roh zu verspeisen!

Endlich trat Karl Ferdinand wieder herein, sein Weibchen würdevoll am Arm führend. Ein allerliebstes Geschöpfchen war es. Ich hatte die Genugtuung, auf den ersten Blick zu merken, dass Frau Mimi Müller zwar ein oder zwei Jahre älter als ich, jedenfalls aber mindestens ebenso maiengrün von Verstand, pflaumenweich von Gemüt und veilchenblau bescheiden von Sinnesart sei, wie ich selbst, und diese Gewissheit hob und trug mich dergestalt, dass ich der kleinen Frau mit der Sicherheit eines vollendeten Kavaliers entgegenzutreten vermochte.

»Mein teures Weibchen, gestatte, dass ich dir meinen lieben Freund, Herrn Baron von W. vorstelle. Herr Baron – Mistress Mimi!«

Ach, Gott sei Dank – er nennt mich weder Barönchen noch Maulesel! Ich atmete erleichtert auf, machte meine bezauberndste Verbeugung und sagte:

»Meine gnädigste Frau, ich bin entzückt über den glücklichen Zufall, der mir eine so reizende Bekanntschaft vermittelte.«

Das war doch gewiss sehr nett ausgedrückt, und ich wurde rot vor Vergnügen darüber. Mit einer zweiten Verbeugung ergriff ich die frischgewaschene, fleischige, kleine Hand und drückte einen um eine Nuance zu kräftigen Kuss darauf. Das Händchen duftete angenehm nach billiger Mandelseife.

Die kleine, sanft gerundete Blondine war wahrscheinlich noch nie »meine gnädigste Frau« angeredet worden und das Handküssen entschieden nicht gewohnt, denn sie wurde noch viel röter als ich und versetzte, bescheiden mit der Zunge anstoßend: »Sehr freundlich, Herr Baron, freut mich auch sehr!«

Karl Ferdinand Müller machte eine beinahe feierliche Miene zu unserem geistreichen Dialog und begann sich dann weitläufig und förmlich zu entschuldigen, dass er seinen verehrten Gast durch die Vorbereitungen für das kleine Diner inkommodieren lassen müsse. Aber bei der Beschränktheit ihrer Wohnung müsse dieser einzige anständige Raum zugleich *drawing-room*, *dining-room* und *study* vorstellen. Gleich darauf erschien denn auch das halbwüchsige, kichernde Mädchen, um den Tisch zu decken. Ich bemühte mich, trotz meines grimmig knurrenden Magens, eine lebhafte Unterhaltung in Fluss zu bringen; aber mit kaum nennenswertem Erfolge; denn die gute Mistress Mimi war gar nicht bei der Sache, sondern immer mit anderthalb Augen bei der Beschäftigung des ungeschickten Mädchens und sprang alle zwei Minuten auf, um helfend einzugreifen. Ihr Mann schien von ihrer Unruhe etlichermaßen angesteckt zu werden; denn auch er war bedenklich geistesabwesend und konnte nicht zehn Sekunden ruhig geradeaus schauen.

Als die kleine Madame einmal hinausgestürzt war, um nach der Ursache eines verdächtig klirrenden Geräusches im Nebenzimmer zu sehen, vertraute mir Karl Ferdinand an, dass sie ihre vortreffliche Köchin Verhältnisse halber hätten entlassen müssen, und dass die neue leider einige Lücken in ihrer Bildung aufweise; da müsse denn sein »Weiberl, sein zuckriges«, selbst die letzte Hand anlegen. (Karl Ferdinand kokettierte nämlich mit dem Wiener Dialekt, da er aus Hinterpommern gebürtig und der Ansicht war, dass sich dies für einen großen Künstler eigentlich nicht schicke.)

Endlich erschien die Suppe. Frau Müller trug sie selbst herein, da sie Ursache hatte, anzunehmen, dass die Halbwüchsige unfehlbar mit der Terrine über die Schwelle stolpern werde.

»Mahlzeit!«, wünschten wir uns. – Ach, nach diesem trauten, deutschen Gruß musste es sicherlich auch eine traute, deutsche Suppe geben! Oh, wie lechzte ich nach dem ersten warmen Löffel – wenn's nur nicht Milchsuppe mit Klütern war, die ich bei Amalia Dammelbock so inbrünstig hassen gelernt hatte! Aber nein, es war eine dunkle Brühe – heiliger Sankt Florian! Das glühte wie das höllische Feuer. Ich hatte doch so manche echt englische *broth* ohne Murren bewältigt; aber diese teuflische Flüssigkeit brannte, als sei sie mit Scheidewasser gewürzt. Ich wagte einen Seitenblick nach der lieblichen Hausfrau – auch sie verzog ihr hübsches Mäulchen, und ihre blauen Augen glänzten unnatürlich feucht. Der Hausherr dagegen löffelte das Zeug mit Todesverachtung hinein und versuchte seiner halbverkohlten Kehle ein wollüstiges: »Ah, das schmeckt!« zu entlocken.

»Echt englisch!«, bekräftigte ich, diskret hustend. »Gnädige Frau scheinen vollständig in die Geheimnisse britischer Kochkunst eingedrungen zu sein.«

»Ich? Ach nein, Herr Baron – wir holen ja alles aus dem *ordinary* um die Ecke«, sagte die liebe Unschuld, die nicht lügen konnte, und tupfte sich mit ihrem Batisttüchlein in die Augen.

»Darf ich vielleicht um ein Glas Wasser bitten?«, stöhnte ich.

»Wasser?«, rief Karl Ferdinand entrüstet. »Aber, liebster Freund, Sie werden mir doch das nicht antun? Wir führen da einen recht netten, alten Medoc – den müssen Sie versuchen.« Er sprang auf und enteilte ins Nebenzimmer, wo wir ihn gleich darauf den Lack von der Flasche abklopfen hörten.

»Wenn er dem Herrn Baron nur schmeckt«, sagte meine kleine Landsmännin mit ihrem liebenswürdigsten Grübchenlächeln. »Mein Mann hat ihn vorhin selbst geschwind vom Kaufmann geholt.«

»Sie machen sich wirklich zu viel Umstände mit mir.«

Da trat Karl Ferdinand wieder herein, schwenkte triumphierend die Flasche und rief: »Nur für so werte Gäste! Von diesem edlen Rebensaft schenkte mir der Marquis of Londonderry einst fünfzig Bouteillen dafür, dass ich einmal ein Solo in einer Abendunterhaltung bei ihm gespielt – selbstverständlich in Begleitung einer Zehnpfundnote.« Er blinzelte seiner Frau eine rasche Warnung vor Verrat zu, und die arme, kleine Sünderin guckte ängstlich zur Seite.

Er schenkte ein, und wir stießen an auf das Vaterland, das teure.

»Ah!«, machte er und schnalzte mit der Zunge. »Ah!«, machte ich nach, indem mich ein Schüttelfrost überlief. Dieses merkwürdige chemische Produkt hatte wahrscheinlich einmal längere Zeit in der Nähe von Wein gelagert und dadurch etwas angezogen – im Übrigen aber seinen Charakter als Vertilgungsmittel für größere Nagetiere treu bewahrt.

»Ja, solch ein Weinchen trinkt man nicht alle Tage – was, Barönchen?«

»Nein – Gott sei Dank!« Es fuhr mir so heraus, ich konnte nichts dafür.

»Gott sei Dank?«

»Ich meine, weil … weil man sonst zu sehr verwöhnt werden würde!«

»Ach – brillant! – Hahaha!« Und er schenkte mir wieder ein.

»Wie lange gedenken der Herr Baron noch in England zu bleiben?«, mischte sich Mistress Mimi schüchtern in die Unterhaltung.

»Ich reise morgen wieder nach Hause.«

»Morgen? Ach, was Sie sagen, Herr Baron! – Ich nämlich auch.«

»Sie, gnädige Frau?«, rief ich ganz verwundert. »Und ohne Ihren Herrn Gemahl?«

»Ja, sehen Sie«, fiel der große Karl Ferdinand ein, »ein so künstlerisches Zigeunerleben ist eben nicht jedermanns Sache. Meine liebe Frau fühlt sich hier zu verlassen, besonders, da es mit der Sprache nicht recht gehen will. Und dann nötigt mich auch mein Beruf, meist von

Hause abwesend zu sein – Sie können denken, wie sehr sie sich da nach Hinterpommern sehnt. Mein Weiberl, mein herzig's, ist nämlich aus Hinterpommern. Aus rauschenden Vergnügungen, Toiletten und dergleichen macht sie sich nichts, dazu ist sie zu einfach erzogen, die liebe Seele ...«

»Ja, und sehen Sie«, fuhr das gute Geschöpfchen, schon fast schluchzend, fort, »hier ist alles so grässlich teuer: Man muss sich so einschränken und kann doch nichts zurücklegen. Da will ich lieber nach Hause zu meiner Mama nach Belgard, bis Ferdinand sich hier genug verdient hat und wieder nach Deutschland zurückkommen kann. – Wollen Sie auch über Hamburg reisen?«

»Ja, allerdings. Morgen Mittag um zwei mit der ›Argo‹.«

»Mit der ›Argo‹? Ach, das ist reizend: Da können wir ja zusammen fahren! Ich hatte mich schon so gegraust vor der Reise – und nun finde ich so hübsche Begleitung!« (Die kleine Frau war zu nett.)

»Aber, liebe Mimi«, beschwichtigte der Gatte ihren Freudenausbruch, »du weißt ja nicht, ob der Herr Baron ...«

»Mein liebster Herr Müller«, fiel ich ihm ins Wort, »es wird mich außerordentlich glücklich machen, wenn Ihre Frau Gemahlin meine Begleitung annimmt. Ich bin mit tausend Freuden zu jedem Dienst bereit, wenn Sie mir das Vertrauen schenken wollen.«

»Welche Frage, bester Baron – so lange wie wir uns kennen!«, rief Karl Ferdinand und schüttelte mir die Hand über dem Tisch. »Sie würden mir allerdings einen großen Gefallen tun, wenn Sie die Liebenswürdigkeit haben wollten, etwas für meine Frau zu sorgen. Sie glauben gar nicht, wie rührend unerfahren sie in allen praktischen Dingen ist, die reine Idealistin – wie die Hinterpommern alle; aber keine Idee, wie man mit Kutschern, Packträgern und Kellnern fertig wird, Billetts löst und dergleichen. Und dann diese bezaubernde Geografielosigkeit! Wenn Sie ihr sagen, dass der Limpopo bei Philippopel in den Mississippi fließt, glaubt sie es Ihnen.«

In diesem Ton redete er noch eine ganze Weile fort, während das liebe Frauchen ganz beschämt in ihren Schoß schaute. Der Gedanke, dieser wunderhübschen, blonden, kleinen Dame als dienender Ritter beigesellt zu sein, sie zu beschirmen mit starkem Arm wider alle Fährlichkeiten zu Wasser und zu Lande, belohnt zu werden durch einen innigen Blick aus diesen Veilchenaugen, einen warmen Druck der weichen Kinderhand – dieser Gedanke ließ mein neunzehnjähriges

Herz höher schlagen, und schwellte meine männliche Brust mit edlem Stolze. In kühnem Redefluss verschwor ich mich hoch und teuer, meinem Freunde Müller sein teuerstes Kleinod sicher übers grollende Weltmeer in die Arme seiner Schwiegermutter zu geleiten.

Er war sichtlich gerührt, umarmte mich und rief: »Goldenes Barönchen, Sie wälzen mir einen Mühlstein vom Herzen!«

Nun war das Eis gebrochen: Wir schwatzten unbefangen zusammen wie alte Bekannte, und selbst die fragwürdigen Genussmittel aus der Garküche um die Ecke vermochten die gute Laune nicht mehr zu stören. Übrigens gelang es mir auch, mich an den leidlich gelungenen *mutton chops* beinahe satt zu essen.

Natürlich machte ich mir ein Gewissen daraus, meiner reizenden Reisegefährtin am letzten Tage ihres Hierseins den Gatten zu entführen; aber Karl Ferdinand wollte durchaus sein Versprechen halten, und mich für einen vergnügten Abend unter seine Fittiche nehmen, gewissermaßen als vorweg gezahlten Dank für den gleichen Dienst, den ich für die nächsten Tage seiner Frau leisten sollte.

Es dämmerte bereits, als wir zwei uns auf den Weg machten. Mein Papa hatte mich als kleinen Jungen oft genug London sehen lassen; aber so gründlich als Karl Ferdinand Müller verstand er's freilich nicht. Ich sah London – bis alles Sichtbare in dem Nebel vor meinen Augen verschwand – doch dieser Nebel soll ja auch zum echten London gehören. Anfangs hatte mein Freund darauf bestanden, für mich zu zahlen: Späterhin jedoch musste er, obgleich widerwillig, meinem Drängen nachgeben und mich auch einmal den Wirt spielen lassen. Er half meiner anfänglichen Befangenheit nach, indem er mir die Verantwortung für die richtige Auswahl der Speisen und Getränke freundlichst abnahm, und um mich nicht knickrig erscheinen zu lassen, keine Ausgaben scheute. Ich habe nicht die leiseste Erinnerung mehr daran, wie ich in jener Nacht in mein Bett gekommen sein mag. Als ich aber am anderen Tage sehr spät und mit schwerem Haupte erwachte, bemerkte ich mit einiger Sorge, dass meine Börse nur eben noch das nötige Reisegeld enthielt. Aus diesem Grunde musste ich den Gedanken, Mistress Mimi mit einem prachtvollen Reisebukett bewaffnet abzuholen, sogleich fallen lassen.

Es war die allerhöchste Zeit, dass ich mit dem Cab bei Müllers vorfuhr, und die guten Leute harrten meiner schon ungeduldig seit einer halben Stunde an der Haustür. Diesem beneidenswerten Karl Ferdinand war nicht das Geringste anzusehen – mich aber starrte die Halbwüchsige, welche ein großes Bündel auf dem Arm trug, wie ein Gespenst an, und auch meine schöne Schutzbefohlene konnte einen leisen Schreckensruf nicht unterdrücken, als ihr zuerst das graue Elend aus meinen Zügen entgegengrinste. Aber es war keine Zeit zu verlieren. So begrüßten wir uns nur ganz kurz, luden die ungemein zahlreichen Gepäckstücke auf und nahmen dann Abschied. Karl Ferdinand raunte mir noch zu: »Du bist wohl so freundlich, lieber Baron«, – wir hatten also wahrscheinlich gestern Nacht Brüderschaft getrunken – »und legst vorläufig für meine Frau aus. Sie versteht gar nicht, mit Geld umzugehen. Aber schreibe ja alles auf und lege ihr nachher Rechnung ab. Du weißt, schenken lassen wir uns nichts! Na, reise glücklich, alter Junge, und bringe mir mein Weiberl sicher heim. Dafür, dass du dich nicht allzu sehr in sie verliebst, bürgt mir dein ehrliches Gesicht.«

Na, wenn dies verquollene, grün und blau und weiß und hellgrau marmorierte Antlitz mein ehrliches Gesicht sein sollte, dann war's mit der Bürgschaft schlecht bestellt.

Darauf umarmte und küsste Karl Ferdinand sein Schnuckerl recht herzlich, half ihr in den Wagen, und die Halbwüchsige reichte ihr das große, unklare Paket zu. Dann stolperte ich über einige heruntergefallene Schachteln nach – und fort ging's!

»Aber, gnädige Frau, kann ich Ihnen nicht das große Paket abnehmen?«, fragte ich galant, trotz allem Leid und Jammer.

»Nein, danke wirklich sehr; ich kann ihn schon selbst halten«, antwortete Mistress Mimi und drückte das wollene Konvolut zärtlich an sich.

»Ihn?«

»Ja, Herr Baron, da ist ja doch mein Kleiner drin.«

»Ihr Kleiner? Sie haben einen Kleinen?«

»Ja, gewiss! Ferdinand heißt er; aber ich nenne ihn der Kürze halber Fumps. Ich erzählte Ihnen doch schon gestern …«

Ich hatte keine Ahnung davon, was gestern etwa alles erzählt worden sein mochte. Meine Beziehungen zur Vergangenheit hatten überhaupt eine bedenkliche Unterbrechung in meinem Bewusstsein erlitten. Jedenfalls war meine Überraschung über diese unvermutete Vermehrung meiner Reisegesellschaft ungeheuchelt, denn ich hatte einige, wenn auch milde Erfahrungen über die anmutigen Eigenschaften von Säuglingen zu erwerben Gelegenheit gehabt, indem nämlich meine gute

Pensionsmutter, Frau Amalia Dammelbock, sich öfters zur Zeit der großen Ferien in neue Familienverhältnisse zu stürzen pflegte.

»Sehen Sie bloß, wie süß er schläft, der kleine Engel!«

Mit diesen Worten zupfte die junge Mutter die Verschalungen des Bündels am oberen Ende ein wenig auseinander, und als ich mich herabbeugte, um den schlafenden Engel gebührend zu bewundern, stieß der Wagen heftig gegen einen Stein – und meine Nase gegen diejenige des kleinen Ferdinand, genannt Fumps!

Das Unglück, das ich hierdurch angerichtet hatte, war fürchterlich. Dieser kleine Müller brüllte wie ein Löwe, wenn er gereizt wurde – und ich hatte ihn gereizt! Seine Mama blickte mich mit ihren Veilchenaugen so grimmig an, wie sie irgend vermochte, und ich saß zerknirscht und betrübt in meiner Ecke und duldete es achtlos, dass eine Schachtel, ein Körbchen, ein Köfferchen nach dem anderen vom Rücksitz herunterpurzelte und mir gegen die Schienbeine schlug. Der Wagen holperte und polterte, die Fensterscheiben rasselten, draußen tobte der Lärm der Weltstadt, drinnen schmetterte das begabte Musikerkind seine Rachearie – und alle diese lieblichsten Geräusche fanden in meinem Hirnkasten einen Resonanzboden, wie sie sich keinen besseren wünschen konnten. Ich war überzeugt, dass ich diese Droschke nicht lebendig verlassen würde; ich schloss die Augen und steckte einen Zeigefinger in jedes Ohr … Es half nichts, umso grausamer posaunte es mir im Kopf – ach! – und ich hatte es mir so schön gedacht, mit diesem lieblichen Blondinchen in allen Ehren davonzugehen, mit ihr an die Brustwehr des stolzen Schiffes gelehnt, die Sonne blutrot in den Ozean tauchen zu sehen und dann – einen raschen Griff in meine Brusttasche zu tun und ihr mit sanfter Gewalt meine lyrischen Gedichte vorzulesen. Weh, weh! Wer hat sie zerstört, die schöne Welt? Du, Ferdinand Müller junior, genannt Fumps – bei Kindermord sollten immer mildernde Umstände zugebilligt werden.

Endlich vermochten meine Nerven die unnatürliche Spannung nicht mehr zu ertragen. Ich überwand meine natürliche Schüchternheit und schrie, so laut ich konnte, um die Stimme des Säuglings zu übertönen: »Aber, liebste Frau Müller, so geben Sie ihm doch um Himmels willen zu trinken! Ich sehe nicht hin!«

»Ach nein – er bekommt ja die Flasche«, erwiderte meine Schöne, »die kann ich doch hier im Wagen nicht wärmen.«

»Geben Sie ihm doch irgendwas«, flehte ich weiter. »Auf der Reise wird er's wohl nicht so genau nehmen.«

»Na, warten Sie, ich will ihm ein Lutscherchen zurechtmachen; aber es ist ganz gegen meine Grundsätze.« Unter anderen Verhältnissen hätte ich es entzückend gefunden, wie dies liebkindische Mütterchen von ihren Grundsätzen sprach; nun aber, da sie mir das Baby zu halten gab, während sie ein Stück Zucker mit einem reinen Taschentuch bewickelte, um ein sogenanntes Lutscherchen herzustellen, nun, wie gesagt.

»Aber, Frau Müller, das Bündel ist ja ganz feucht!«, rief ich entsetzt. »Das arme Kind muss ungewöhnlich stark transpiriert haben!«

»Oh, das schadet nichts – das ist immer so bei kleinen Kindern«, sagte Mistress Mimi gleichgültig.

Gott sei Dank! Das Lutschchen half vorderhand, und wir hatten Ruhe vor dem Organ des kleinen Ferdinand, bis wir nach fast zweistündiger Droschkenfahrt Blackwall, den Halteplatz des Dampfers, erreichten. Beim Aussteigen beging ich den zweiten Unglücksstreich an diesem Schreckenstage, indem ich beim Abladen unserer dreizehn Gepäckstücke einen Korb so schräg hielt, dass sein Inhalt auf das Pflaster fiel und – die große Milchflasche zerbrach!

»Oh, was haben Sie getan!«, rief Frau Müller, während ihre Blicke mit Entsetzen dem Laufe des weißen Stromes folgten, der sich zwischen den Pflastersteinen hindurch der Themse zuschlängelte. »Nun wird mein armes Kind gewiss verhungern, denn auf dem Schiff gibt es gewiss keine Milch!« Damit brach sie in Tränen aus.

»Beruhigen Sie sich doch, gnädige Frau«, tröstete ich, »es pflegen sehr häufig Kühe an Bord zu sein – nein, ich glaube, es sind immer Kühe an Bord! Kommen Sie nur schnell, das Schiff wird gleich abgehen.«

Wir beeilten uns, an Bord zu kommen, und es war in der Tat die höchste Zeit gewesen, denn in längstens zehn Minuten, sagte uns ein Matrose, sollte der Dampfer starten.

»Sehen Sie nur, bitte, schnell nach, ob Kühe da sind«, drängte Mistress Mimi, als ich eben mit meinem Köfferchen die Kajütentreppe hinabsteigen wollte. Ich warf das Gepäckstück von mir und stürzte nach dem Zwischendeck, wo gewöhnlich das Vieh auf den Postdampfern untergebracht ist. Ein mehrstimmiges, tiefes Brummen tönte mir entgegen. Dem Himmel sei Dank, sechs wundervolle Kühe, *shorthorns* bester

Rasse – aber nein – oh Gott, ich täuschte mich nicht! – Es waren Ochsen, lauter Ochsen, sechs Ochsen!

Ich wagte nicht, meiner armen Gefährtin die niederschmetternde Kunde zu überbringen. Ich eilte in großen Sätzen zur Landungsbrücke und rannte dabei fast einen Herrn mit goldbetresster Mütze um, offenbar den Kapitän. Er stieß einen halblauten Fluch zwischen den Zähnen hervor, aber ich ließ mich nicht einschüchtern, sondern redete ihn mit flehender Gebärde an: »Ach, Herr Kapitän, Sie müssen das Schiff noch einige Augenblicke halten lassen – ich bin im Moment wieder zurück!« Und fort war ich auch schon. Ja, wo nun aber hier am Strand in dieser Eile Milch herzubekommen? Drei elende, kleine Läden nur befanden sich dem Landungsplatze gegenüber: ein Trödelgeschäft, vor dessen Tür ein missvergnügtes, altes Beinkleid aushing, eine Budike für Kautabak, Teerpinsel und Schiffstaue und ein *still house*, das heißt eine Destillation. War es die rasche Ideenverbindung zwischen »stillen« und Milch oder die reine Verzweiflung, ich weiß nicht – jedenfalls stürmte ich in diesen letzteren Laden hinein und rief dem Manne vom Schenktisch atemlos zu:

»*Milk, for goodness' sake, give me some milk and mind to be quik about it!*« – (Milch, um Gottes willen, geben Sie mir etwas Milch und ja schnell!)

Der Mensch starrte mich mit weitoffenem Munde an, als traue er seinen Ohren nicht – offenbar hielt er mich für geistig gestört. Und als ich mein Verlangen noch dringender wiederholte, zeigte er mir zwei Reihen priemgeschwärzter Zähne und lachte nachdrücklich und gelassen. Dann aber öffnete er die Glastür zum Nebenzimmer und rief hinein:

»*Come along, Susan, 'ere is young gentleman, as would like a dram o'milk!*« – (Komm rein. Suschen, hier ist ein junger Herr, der gern einen Schuss Milch möchte!) Und nun schoss eine hagere Frauensperson, so schnell und so eckig wie der Blitz, zur Tür herein, maß mich von oben bis unten mit einem giftigen Blicke und äußerte in sehr hoher Stimmlage ihre Meinung dahin, dass ich zweifelsohne so ein niederträchtiger *abstainer*, so ein verd... Temperenzler sei, der ehrliche Christenmenschen verhöhnen und in ihrem redlichen Gewerbe beeinträchtigen wolle. Der biedere Gatte spuckte sich während dieser kurzen Standrede in die Hände und gab seine unzweifelhafte Absicht zu erkennen, mich nunmehr aus seinem Lokal hinaus und die Steinstufen hinunter zu boxen. Trotz alledem wagte ich noch einen Sturmlauf auf das weibliche Mitgefühl Suschens und schilderte ihr mit fliegenden Worten den traurigen Sachverhalt. Und wahrhaftig, ihr schlug ein warmes Menschenherz unter dem Knochenpanzer ihres Busens. Suschen sprang mit einem großen Satze über die Schwelle und kehrte nach wenigen, langen Sekunden mit einem Milchtopfe zurück.

Ja, mein Himmel, nun hatte ich keine Flasche mit, und eben ertönte draußen das Nebelhorn der »Argo«, das Signal zur Abfahrt gebend. Da langte Mistress Susan die erste beste leere Ginflasche vom Bar, goss die Milch hinein, und ich warf einen Schilling auf den Tisch, ergriff die rettende Flasche und stürzte nach der Landungsbrücke, welche soeben zurückgezogen wurde.

»Halt, halt!«, schrie ich aus Leibeskräften, aber die »Argo« setzte sich langsam in Bewegung. Ich blieb taub gegen alle Warnungsrufe – und da! – ein kühner Satz – ich war an Bord, und Ferdinand Müllers des Jüngeren kostbares Leben war gerettet!

Der Herr Kapitän hatte von der Kommandobrücke aus mein Turnerstückchen mit angesehen. Was musste er von einem Menschen denken, welcher fast im Augenblick der Abfahrt noch einmal das Schiff verließ, um eine große Flasche Schnaps zu holen! Er hatte zum Glück für mich dort oben zu tun, sonst wäre es sicher nicht bei jenem einen verachtungsvollen Blick geblieben. Meine blonde Schutzbefohlene fand ich noch auf dem Flecke, wo ich sie vorhin gelassen hatte, als ich ging, die Ochsen zu inspizieren. Sie hockte, ein reizendes Häuflein Unglück, auf meinem Koffer, umgeben von den dreizehn anderen Gepäckstücken, und versuchte vergebens, den erwachten Löwen durch Wiegen und Summen zu beruhigen. Sie weinte vor Rührung über meinen Bericht, wie ich nach dieser köstlichen Milch wie toll von Pontio zu Pilato, das heißt von den Ochsen zur Susanne gelaufen war, und sie dankte mir mit einem Blick, einem so unendlich blauen, feuchten Blick, dass ich schier meiner Leiden und Ängste vergaß und das Beste von der nächsten Zukunft zu hoffen begann.

»Es hat Sie doch sehr angegriffen, lieber Herr Baron?«, sagte sie. »Sie sehen recht elend aus!«

»Oh, es hat nichts zu sagen. Die frische Seeluft wird mir schon guttun.«

Sie hatte das stimmbegabte Bündel auf ihren Schoß gelegt und streckte die Hand nach der Milchflasche aus, welche ich ihr mit einer gewissen Inbrunst hinreichte.

»Wie gut Sie sind«, sagte sie mit ihrer süßen, schmelzenden Stimme. »Ich danke Ihnen wirklich tausendmal. Die Milch wird doch frisch sein? – Aber nein, pfui! Was ist denn das? Das riecht ja ganz abscheulich nach – Branntwein!« – Dies sagte sie mit etwas weniger schmelzender Stimme.

»Allerdings, meine Gnädigste«, stotterte ich. »Es mag wohl einmal so etwas in der Flasche gewesen sein; denn es ist eine Ginflasche. Aber, wissen Sie, Gin ist so gut für den Magen, besonders bei einer Seereise! Ich bin überzeugt, es wird dem Kleinen nur gut tun, wenn die Milch noch etwas danach schmecken sollte!«

Der kleine Ferdinand, genannt Fumps, hatte nun auch die seltsame Flasche ins Auge gefasst und deutete durch äußerst lebhaftes Strampeln und Hampeln an, dass er höchst begierig sei, ihre nähere Bekanntschaft zu machen. Unter freundlicher Beihilfe des Stewards gelang es mir, Mistress Mimi samt Master Müller und den dreizehn Gepäckstücken in die Damenkajüte hinunterzubringen. Vor der Tür dieses Heiligtums endete nun vorläufig meine Verpflichtung zu Ritterdiensten – und ich muss gestehen, ich beklagte diesen Umstand nicht allzu sehr. Matt und zerschlagen an allen Gliedern, wie ich mich fühlte, taumelte ich meiner Koje zu, erkletterte das obere Bett an der Seeseite, welches mir der Steward anwies, und war bald in einen totenähnlichen Schlaf versunken. Mich quälte ein fürchterlicher Traum. Des Zusammenhanges weiß ich mich nicht mehr zu entsinnen; aber die sechs Ochsen, Ferdinand Müller, genannt Fumps, und Mistress Susan, die Still-house-Wirtin, spielten eine wichtige Rolle darin, und zum Schluss legte der grimmige Kapitän mein Haupt auf einen Block, und ein riesiger Hammer, der einer Ginflasche täuschend ähnlich sah, fuhr im Takt und mit entsetzlichem Getöse, auf meinen unglücklichen Hirnschädel herab. Darüber erwachte ich – und ach, das wuchtige, taktmäßige Rumpeln, Dröhnen und Pochen war keine Einbildung gewesen, und mein armer Kopf schmerzte mich dermaßen, dass ich wohl glauben konnte, er sei noch der Amboss für diese grausamen Hammerschläge. Ich wollte schreien, aber ich brachte es nur zu einem dumpfen Gestöhn. Es war mir zumute, als ob jemand in meinem Magen säße, seinen Arm durch meine Luftröhre emporreckte, und mir von innen den Hals zudrückte. Ich versuchte, die Augen aufzureißen; aber da war wieder jemand, der mir auf jedes Augenlid einen Daumen drückte. Nun schlug ich mit Armen und Beinen wütend um mich, und da – knack, klirr! – es musste etwas

Gläsernes gewesen sein – und zugleich ermunterte mich ein stechender Schmerz im rechten Ellenbogen. Als ich nun erschrocken in die Höhe fuhr, stieß ich zunächst recht empfindlich mit dem Kopf an die Decke der Kabine, welche kaum einen halben Meter vom Kissen entfernt war, und das erste, was meine Augen gewahrten, war ein grauer, intimer Bekleidungsgegenstand, welcher eben endgültig durch die offene Luke, welche etwa in gleicher Höhe wie meine Matratze angebracht war, verschwand, um vom unersättlichen Ozean verschlungen zu werden. Sodann untersuchte ich meinen Ellenbogen, einige Tropfen Blutes sickerten daraus hervor – und nun erkannte ich auch, was ich angerichtet hatte. Rechts war ich mit dem Arm in den an der Schiffswand befestigten Spiegel gefahren, und links hatte meine ausschweifende Hand Glocke und Zylinder von der Hängelampe herabgeschlagen.

Ich hatte mir die Sachlage noch kaum genügend klargemacht, als schon der Steward erschien, um die Toten vom Schlachtfeld zu entfernen; denn sein geübtes Ohr hatte jedenfalls die Bedeutung jenes klirrenden Geräusches sofort richtig erfasst. Einen einzigen, beleidigend geringschätzigen Blick verschwendete er an mich; dann fegte er die Scherben zusammen und sagte nur: »*Fits, Sir?*« (Krämpfe, Herr?). »Ach, entschuldigen Sie nur – es geschah in der Zerstreuung!«

»Oh, venn Sie sich vollen zerstreuen. Sie können haben billiger. Dieses Szerstreuung kostet four shillings six pence.«

Mit Schrecken gedachte ich meiner durch die Großmut meines Freundes Karl Ferdinand so erleichterten Kasse. Während der Mann die Glassplitter von meinem Kopfkissen entfernte, fragte ich ihn, was es an der Zeit sei.

»Ongefähr luncheon time«, erwiderte er.

»Was?«, rief ich, höchlichst erstaunt. »Wir sind doch um zwei mittags abgefahren!«

»Yes, Sir, und jetzt vir haben den andern Tag, elf o'clock in the morning. Sie haben geslaffen sie ganze einundsuanzig Stunden.«

»Einundzwanzig Stunden! Aber ich legte mich doch nur mit den Kleidern aufs Bett!«

»Quite right, Sir! Als ich bin gekommen zu machen Licht, habe ich Sie geveckt und geholfen aus die Kleider. Und das deutsche gentleman, welches slafft unter Sie, hat gesagt, dass Sie sich haben gekauft eine große Affe, veil er hat gesehen, vie Sie sein gejumped mit eine so große Gin-bottle an Bord.«

Ich griff mir an die Stirn und suchte mich zu erinnern: »Einen Affen – ich? Aber das war doch vorgestern«, flüsterte ich vor mich hin.

Der Steward war bereits an der Tür, als er sich nochmals umwendete und sprach: »I beg your pardon, Sir – seien Sie nicht das junge gentleman, welches ist gekommen mit that little fair lady and a screaching baby« (mit der kleinen, blonden Frau und dem schreienden Säugling?)

Ich bejahte matt.

»Ach, dann sollten Sie gehen und Ihre arme, kleine Frau und die poor little baby sehen, welche sein sehr krank.« Damit ging er hinaus.

Meine Frau, mein armes, kleines Baby? Und krank waren sie? Mein Gott, ich auch! Kränker als ich konnten sie nicht wohl sein! Alle Heringe, welche in diesem Augenblick gleichzeitig mit mir im Weltmeer plätscherten, wären machtlos gewesen gegenüber dem ungeheuren Elend, das mich erfüllte. Trotzdem aber beschloss ich, auf Deck zu gehen, in der Hoffnung, dass mir in der frischen Luft besser werden würde. Das Ankleiden gelang mir erst nach längerem Bemühen, denn bei dem starken Schwanken des Schiffes taumelte ich fortwährend von einer Bettwand gegen die andere. Endlich aber steckte ich doch glücklich in den Kleidern und tappte nach dem Speisesaal, um mich ein wenig zu stärken; denn ich hatte seit vierundzwanzig Stunden so gut wie nichts gegessen. Oh, was für appetitliche Dinge da zum *luncheon* aufgestellt waren! Aber sonderbar, sobald ich etwas gewählt hatte und zu essen versuchte, widerstand es mir dermaßen, als sollte ich genötigt werden, einen wollenen Strumpf zu verschlucken. Umso besser mundete mir der feurige Portwein.

Ich wollte eben das dritte Gläschen hinunterstürzen, als ein älterer Herr, der mich schon bei meinem Eintritte eigentümlich scharf angesehen hatte, mir ganz unvermutet in den Arm fiel, und mich in einem Ton, wie vielleicht ein Polizeimensch zu einem Delinquenten sprechen mag, also anredete: »Junger Mensch, Sie geben sich dem Genusse von Spirituosen in einer Weise hin, welche bei Ihrer Jugend Ihnen sehr gefährlich werden kann. Ich habe Sie schon gestern beobachtet, und ich muss Ihnen sagen, junger Mensch, ich war ebenso entsetzt wie empört über den Anblick. Ich genieße nämlich den zweifelhaften Vorzug, unter Ihnen in derselben Koje zu schlafen, junger Mensch.«

Das war mir denn doch zu arg, und den Respekt vor seinem grauen Bart, sowie meine grünen Jahre außer Acht lassend, rief ich: »Herr, was bilden Sie sich ein? Ich bin nicht Ihr junger Mensch!«

»Was ich mir einbilde?«, versetzte mein grober Landsmann. »Ich bilde mir ein, eine gewisse Menschenkenntnis zu besitzen, junger Mensch – und Sie dürften vielleicht noch in die Lage kommen, meinen Scharfblick wider Willen zu bewundern. Vorläufig meine ich's noch gut mit Ihnen und rate Ihnen, beizeiten umzukehren – wissen Sie, was Delirium tremens heißt?«

»Delirium tremens?« Ich starrte dem Herrn wie versteinert in das grimmige Gesicht.

»Ja, junger Mensch! Sie bekommen es sicher noch einmal, wenn Sie es nicht schon haben! Und jetzt lassen Sie mir hier den Portwein in Ruhe und bemühen Sie sich an Deck – das wird Ihnen vielleicht gut tun. Andernfalls müsste ich Ihnen die Treppe hinaufhelfen.«

Ich floh von hinnen, als der böse Feind hinter mir hersetzte. Womit hatte ich unseliger, harmloser Maulesel alle diese bitteren Kränkungen verdient? Gestern sollte ich eine Treppe hinuntergeboxt werden, weil man mich für einen Temperenzler hielt, und heute sollte ich eine Treppe hinaufgeworfen werden, als des hochgradigsten Alkoholismus verdächtig! Ward je einem Unschuldigen ärger von einem widrigen Schicksal mitgespielt? Kaum hatte ich meinen Fuß an Deck gesetzt, als ich schon das Gleichgewicht verlor und in einem Schuss gegen die Brustwehr taumelte. Oh, wie herrlich – das weite Meer, die grünen, schaumbedeckten Wogen, Delphine, die wohlig in dem lauen Wasser plätscherten und unsere »Argo« mit klugen Augen neugierig anglotzten, und dazu dieses unablässige, weiche, wiegende Auf-und-ab, das die Sinne so eigen gefangen nimmt! Eine heftige Sehnsucht befiel mich, eine kindliche Sehnsucht nach – dem klassischen Altertum, dem ich vor wenigen Wochen erst Valet gesagt; ich fühlte mich ganz als alter Grieche und brachte dem Poseidon fromme Opfer dar!

Immerhin aber war dieser Kultus mit gewissen Anstrengungen verbunden, welchen sich meine durch so langes Fasten geschwächte Natur nicht gewachsen fühlte. Namenlos elend, stolperte ich wieder die Treppe hinunter und schleppte mich bis zu meiner Kabine. Der Steward musste mir wieder zu Bett helfen. Ich lag noch nicht allzu lange in halber Betäubung so da, als – zu meinem größten Schrecken – der Unhold, welcher mir das Delirium tremens prophezeit hatte, mit raschen Schritten hereintrat, seine mächtige Faust drohend gegen mich schüttelte und sagte oder besser knirschte: »Elender, Ihr Maß ist voll! Das hätte ich Ihnen denn doch noch nicht zugetraut! Nicht genug, dass Sie sich selbst mit Leib und Seele dem Schnapsteufel verschrieben haben, versuchen Sie auch noch, Ihr unschuldiges Kind zu vergiften!«

»Was, mein Kind?«

»Ja, Ihr armes, unglückliches Kind, dem Sie Alkohol in seine Milch geschüttet haben – leugnen Sie nicht, die Damen haben es alle gerochen, der Schiffsarzt hat es gerochen, ich habe es auch gerochen! Mit Ihnen bin ich fertig – Doppelmörder!« Damit schlug er die Tür zu.

Doppelmörder! Das fehlte nur noch! In dumpfer Verzweiflung ergab ich mich in mein Schicksal und versuchte, zu schlafen. Aber ich sollte nicht lange Ruhe finden; denn nach kaum einer halben Stunde erschien der Steward wieder, um mir zu melden, dass mein armes, unglückliches Baby durch sein jämmerliches Geschrei die ganze Damenkajüte zur Verzweiflung bringe, dass die Mutter, meine arme, unglückliche Frau, schon halbtot vor Aufregung und Übelkeit sei und dringend nach mir verlange.

Nach mir! Ich lag ja selbst so hilflos da, wie ein neugeborenes Kind.

»Scheren Sie sich zum Kuckuck!«, fuhr ich in meiner ohnmächtigen Wut den Boten an. Auch er schlug die Tür sehr heftig hinter sich zu.

Wenn ich glaubte, dass es nun ausgestanden wäre, und ich im Schlummer Vergessen meiner Leiden finden würde, so hatte ich die Rechnung ohne den Wirt oder vielmehr ohne den Kapitän gemacht; denn nach Verlauf einer weiteren halben Stunde erschien dieser Großgewaltige in eigener Person in meiner Koje und herrschte mich an: »Herr Meyer, oder wie Sie sonst heißen, werden Sie nun Ihrer Pflichten als Gatte und Vater eingedenk sein oder nicht? Ich komme selbst, um Ihnen zu sagen, dass Ihr armes, unschuldiges Kind wahrscheinlich nicht lebendig den Hafen erreichen wird, und dass Ihre arme, unglückliche Frau nahe daran ist, vor Jammer ihren Geist aufzugeben!«

»Ich auch!«, stöhnte ich laut auf, indem ich mich unter meiner Steppdecke krümmte wie ein getretener Wurm.

»Wie? Sie wollen also Ihr armes, unschuldiges Kind ...«

»Lassen Sie mich mit dem armen, unschuldigen Kind ungeschoren!«, fuhr ich den Kapitän an. »Geht mich gar nichts an, das arme, unschul...« Da fiel mir die eherne Notwendigkeit ins Wort.

Und der Kapitän wurde zinnoberrot über das ganze Gesicht vor Entrüstung und wandte sich schaudernd von mir ab mit dem Ausruf: »Rabenvater! Pflichtvergessener Unmensch!«

Kaum fünf Minuten später schreckte mich lautes, sich näherndes Stimmengewirr aus meiner Betäubung empor. Der Steward riss die Tür auf und rief mir atemlos zu: »*For goodness sake – bolt te door, Sir – they are a comin' to lynch you!*« (Riegeln Sie zu, um Gottes willen! Sie kommen, sie wollen Sie lynchen!)

Hei, wie konnte ich da vom Bette springen! Und der rettende Riegel war kaum vorgeschoben, als auch schon mit Fäusten gegen die Tür gepoltert wurde. Ich aber verkroch mich zitternd in das nächste beste Bett – ich glaube, es war das des grauen Propheten – und zog die Decke über die Ohren. Dann verlor ich das Bewusstsein. Als ich erwachte, war es stockfinstere Nacht. Die Luft in der engen Kabine erstickend heiß und dumpfig. Ich musste hinaus, koste es, was es wolle! Die Schrecknisse des Tages hatten mich mit einer wahren Todesverachtung ausgerüstet. Wenn die Unholde mir wirklich noch auflauerten und ihre Drohung, mich zu lynchen, ausführen sollten, so mussten sie nach geschehener Mordtat sicherlich meinen Leichnam dem Meere übergeben, und dieser Gedanke hatte für mich gar nichts so besonders Schreckhaftes mehr, im Gegenteil – es leckerte mich nach etwas Salzigem.

Ich öffnete geräuschlos meine Tür und schlich mich, ohne von jemand bemerkt zu werden, glücklich durch den Salon und die Treppe hinauf. Der erste Mensch, dem ich an Deck begegnete, war mein Lebensretter, der Steward. Ich drückte ihm meinen Dank durch ein sehr anständiges Trinkgeld aus und bat ihn, mir eine kräftige Nachtmahlzeit zu besorgen; denn da die Ausgaben meines Magens dessen Einnahmen in den letzten vierundzwanzig Stunden um ein Erkleckliches überschritten hatten, so machte sich das Defizit durch eine äußerst flaue Stimmung bemerkbar. Der gute Mann trieb denn auch, obwohl die Küche bereits geschlossen war, noch ein kaltes Hammelbein für mich auf, an welchem noch ganz ansehnliche Fleischreste hafteten. Da ich auf dem Vorderdeck keine nachtwandelnden Passagiere gewahrte, so zog ich mich dankbar und bescheiden dorthin zurück, setzte mich mit dem Rücken gegen den Fockmast, nagte an meinem Trostknochen und bewunderte den herrlichen Sternenhimmel. Der lange Schlaf hatte mir doch wohlgetan, und die frische, salzige Nachtluft besorgte das Übrige. Ich träumte mit offenen Augen die angenehmsten Dinge und hätte beinahe ein wenig gedichtet, wenn nicht der Gedanke an meine blonde Schutzbefohlene und das Kind Fumps den Schwung meiner Fantasie einigermaßen gelähmt hätte. Oh, wie so ganz anders hatte ich mir diese Meerfahrt vorgestellt, so gewissermaßen als eine Generalprobe für eine wirkliche Entführung. – Und nun? Aber ich unschuldsvoller Jüngling, der ich war, ahnte ja nicht, dass mir noch weit Ärgeres bevorstand, als dieser Tag mir schon gebracht hatte. Sonst hätte ich mich vielleicht mit meinem elegantesten Kopfsprung ins Meer gestürzt, und mich auf diese Art voreilig der sicheren Unsterblichkeit entzogen! Ich mochte etwa zwei Stunden mich so meines wiedererwachten Kraftgefühls erfreut haben, als die Feuerschiffe in Sicht kamen. Gleich darauf nahmen wir den Lotsen auf und steuerten in die Elbe hinein. Je mehr wir uns dem Ziele unserer Fahrt näherten, mit umso bangerer Sorge gedachte ich meiner Ritterpflichten als Beschützer der Strohwitwe und -waise. Sollte das stimmbegabte Knäblein wirklich an Alkoholvergiftung zugrunde gegangen sein? Sollte die wundernette Geigersfrau wirklich ihren Geist aufgegeben haben? Das wäre doch zu schade gewesen – das heißt nicht um den Geist, sondern nur um die Frau! Das Herz schlug mir denn doch etlichermaßen unsanft gegen die Rippen bei dem Gedanken, dass ich vielleicht als Doppelmörder den Boden meines Vaterlandes wieder betreten sollte, ich, der ich als stillvergnügter Maulesel in die Fremde gezogen war!

Schon glänzten rechts und links am Ufer einige Lichter auf, in einer Stunde waren wir vielleicht bereits im Hafen. Ich musste vorher Gewissheit zu erlangen suchen über das Schicksal meiner Schutzbefohlenen. Ich schwankte nach dem Achterdeck. Die Lage der Damenkajüte war mir bekannt. Dort unter jener Lichtluke, aus welcher der Ventilationsschornstein hervorragte, musste sie sich befinden. Ich schlich vorsichtig, wie ein Dieb, dahin, hockte mich nieder und näherte mein Ohr dem Luftrohr. Und da vernahm ich – oh Wonne! – trotzdem die Elbe mächtig unsern Kiel umrauschte, die Schraubenwelle im Schiffsbauch polterte, die Maschine dröhnte und der Rauchschlot puffte – ich vernahm mit zweifelloser Deutlichkeit die kräftige Stimme des jungen Ferdinand Müller, genannt Fumps, und ich meinte sogar unter verschiedenen tröstenden Frauenstimmen ein hinterpommersches Sprachorgan herauszuhören, welches etwas mit der Zunge anstieß. Dem Himmel sei Dank! Trotz Ginbottle und Seekrankheit lebten Mutter und Kind, ich war kein Doppelmörder!

Es war, glaube ich, um drei Uhr früh, als wir in Hamburg landeten. Vor dem Gelynchtwerden hatte ich nun keine Furcht mehr; denn die Passagiere waren zu sehr mit ihrem Gepäck beschäftigt, auch wohl zu schlaftrunken, um sich jetzt noch so ernstlich mit meiner Wenigkeit zu beschäftigen. Ich blieb auch in der Tat gänzlich unbehelligt und erreichte samt meiner schönen Gefährtin, ihrem glücklicherweise schlafenden Engel und den dreizehn Gepäckstücken wohlbehalten das feste Land, sowie eine Nachtdroschke, welche uns nach dem ersten besten Hotel fahren sollte. Ich erkundigte mich natürlich sofort mit herzlichster Teilnahme nach dem werten Befinden von Mistress Mimi.

»Oh, so schlimm, so schlimm!«, lispelte sie. »Ich dachte, ich müsste sterben.«

»Ich auch!«, seufzte ich.

»Ach, mein armer, süßer Karl!«, koste sie matt. Das gute Weibchen hielt mich offenbar für ihren Mann! »Nicht wahr, wir gehen nie mehr zur See!«

Ich sagte nichts, und nun sank das blonde Haupt müde an meine Schulter, und das gefährliche Bündel ruhte halb auf meinem Schoß, halb auf dem ihren. Ich fand dies sehr nett, saß stocksteif und rührte mich nicht, obwohl die Straußenfeder an Mimis Hut mir in einer unerhört nervenaufreizenden Weise um Wange und Nase herumkitzelte. Ich muss gestehen, dass ich infolgedessen nicht übermäßig betrübt war, als unsere Droschke hielt, und ich die holde Schlummernde zu wecken genötigt war. Der Kutscher schien meine Weisung, nach dem ersten besten Hotel zu fahren, wörtlich genommen zu haben, denn ich bemerkte sofort, dass wir uns am Alsterbassin befanden, und zwar vor einem gewaltigen Prachtbau. Nachdem ich den Kutscher bezahlt hatte, verblieben gerade noch zwölf gute Groschen und einige englische Pence in meiner Börse! Aber es konnte ja den Hals nicht kosten, da wir hier ja nur ein paar Stunden zu schlafen und am selben Vormittag noch mit der Eisenbahn weiterzufahren gedachten. Es dauerte recht lange, bis endlich ein verschlafener Hausknecht uns die Tür öffnete und uns samt unseren dreizehn Kollis einließ. Auf meine Frage, ob wir zwei Zimmer mit je einem Bett haben könnten, antwortete er nur durch ein Kopfnicken, nahm einen Schlüssel vom schwarzen Brett und stieg dann uns voran drei Treppen hinauf, wobei er das Licht so gräulich schief hielt, dass es immer auf den guten Teppichläufer tropfte. Dann ging es einen unendlich langen Korridor hinunter an zahllosen Stiefelpaaren vorbei, bis der Mensch schließlich eine Tür öffnete. Er ging hinein, entzündete die unvermeidlichen beiden »Bougies« und war dann mit einem halb gelallten: »Bitt' schön, wünsch' Gute Nacht!« verschwunden, ohne dass wir so recht wussten, woran wir waren.

»Das ist ja sehr hübsch hier«, meinte Frau Müller, aus müden Augen einen flüchtigen Blick ringsum werfend. Dann legte sie das Babybündel sorgsam auf eins der beiden Betten.

»Ach ja, wirklich sehr hübsch«, stimmte ich etwas beklommen bei, indem ich ihr beim Ablegen ihres Regenmantels half. »Mein Zimmer befindet sich wahrscheinlich hier nebenan«, setzte ich nach einer kleinen Pause rasch hinzu und eilte nach einer Seitentür, welche allerdings die angedeutete Vermutung zuließ.

Ich drückte vorsichtig auf die Klinke: Die Tür war verschlossen – und vor jener der gegenüberliegenden Wand stand der Marmorwaschtisch!

»Ach, gnädige Frau«, stotterte ich in größter Verlegenheit, »der Esel von Hausknecht hat mich missverstanden. Er hielt uns gewiss für verheiratet. Aber ich will gleich noch einmal hinunter und sehen, ob ich ihn nicht noch erwische.«

Ich wollte eben hinauseilen, als die kleine Frau mich mit einigen raschen Sprüngen überholte, mit beiden Händen am Arm erfasste und mich anflehte: »Ach Gott, ach Gott, Herr Baron wollen mich doch nicht allein lassen? Ich komme ja um vor Angst!«

»Ja, verehrte gnädige Frau, ich meine nur, weil – weil wir doch sozusagen – im Grunde eigentlich – wenn man's so nimmt, doch gar nicht verheiratet sind, so meinte ich bloß ...«

»Ach, da hat ja hier niemand nach zu fragen!«, fiel sie eifrig ein. »Ich graule mich wirklich zu Tode; denken Sie nur, ich habe ja in meinem ganzen Leben noch nicht allein im Zimmer geschlafen, und wenn Sie nur nichts Böses von mir denken ... ach, bitte, bitte, bleiben Sie nur bei mir – bei mir und dem armen, kleinen Fumping.«

Sie bat so reizend, es war so unwiderstehlich, und ich wurde ganz gerührt. Nein, ich dachte gewiss nichts Böses von ihr, und mein eigenes Herz war so veilchenblau, wie Mistress Mimis sanfte Augen.

»Wenn Sie nur so gut sein wollen und solange 'rausgehen, bis ich huste«, sagte sie und drückte mir dankbar die Hand.

Ich verfügte mich gehorsam auf den finstern Korridor hinaus und wartete. Fünf Minuten, zehn Minuten, eine Viertelstunde – ach, wie entsetzlich langsam die Zeit dahinschlich! Ich traute mich gar nicht einmal auf und ab zu gehen, weil ich dann wahrscheinlich das verabredete Zeichen überhört hätte, überdies hustete und schnarchte es aus mehreren anderen Zimmern so laut, dass mir trotz aller Aufmerksamkeit sehr wohl das Signal entgehen konnte. Ich legte daher zu wiederholten Malen mein Ohr an die Tür, vermochte aber nicht das geringste Geräusch wahrzunehmen. Da fasste ich mir endlich ein Herz und pochte leise an – keine Antwort! Nochmals – keine Antwort!

»Sie ist gewiss eingeschlafen und hat zu husten vergessen«, dachte ich mir und wagte endlich, die Tür ganz leise zu öffnen. Die hübsche, kleine Frau lag wirklich schon im Bett; aber sie war noch wach und winkte mich eifrig heran.

»Warum kamen Sie nicht?«, flüsterte sie, als ich ihrem Wunsch nachgekommen war. »Ich liege ja mindestens schon eine Viertelstunde.«

»Ja, haben Sie denn gehustet?«

»Nein, ich konnte doch nicht husten, sonst wäre mir ja der Fumps aufgewacht. Sehen Sie bloß, wie süß er schläft!«

Es war wirklich ein ganz wunderlieblicher Anblick, dies große, kahle Kinderköpfchen neben dem blonden Engelshaupt der jungen Mutter so in das frische, weiße Linnen gebettet zu sehen. Aber da ich durch meine eifrige Bewunderung des schlafenden Fumpses schon einmal großes Unglück angerichtet hatte, so murmelte ich nur etwas Unklares in meine zwölf Barthaare und zog mich mit einer gewissen Hast zurück.

»Ich bitte schön«, hörte ich Mistress Mimi mir nachflüstern, »poltern Sie nur nicht mit dem Stiefelknecht, und setzen Sie, bitte, meine Stiefel auch hinaus.«

Ich entledigte mich meines Schuhwerks mit fast absoluter Geräuschlosigkeit und trug dasselbe dann samt demjenigen meiner holden Gefährtin vor die Tür.

»Haben Sie auch die Tür innen zugeriegelt?«, lispelte wieder die leise Stimme vom Bett her.

»Jawohl!«, gab ich ebenso leise zurück.

»Bitte, schließen Sie doch noch zweimal 'rum.«

Es war mir zwar unverständlich, was das Verschließen neben dem Verriegeln noch für einen Zweck haben sollte, aber ich tat gehorsam, wie man mich geheißen.

»Sie haben ja wieder zurückgedreht – ich hab's ganz wohl gehört.«

»Nein, wirklich nicht. Ich habe zweimal 'rumgeschlossen.«

»Wahrhaftig?«

»Wahrhaftig!«

»Sind die anderen Türen auch fest zu?«

»Ganz fest.«

»Die hinter dem Waschtisch auch?«

»Ja, die auch.«

»Ach, bitte, gucken Sie doch noch einmal unter die Betten, mir ist so ängstlich!«

»Was soll denn unter den Betten sein?«

»Es könnte doch jemand darunterstecken. Ich habe immer so furchtbare Angst, dass jemand unter den Betten stecken könnte!«

Mit einem heimlichen Seufzer über so viel Torheit bei so viel Reiz und Unschuld leuchtete ich unter mein Bett. »Hier liegt niemand unter!«, beruhigte ich die ängstlich Aufblickende.

»Bei mir auch nicht?«

Ich warf mich auch vor ihrem Bett auf die Knie: »Hier steckt auch keiner unter!«

»Wirklich nicht?«

»Wirklich nicht!«

»Ich danke Ihnen, Herr Baron! Mein Mann muss auch immer unter die Betten gucken, sonst kann ich kein Auge zutun.«

»Darf ich jetzt das Licht auslöschen?«

»Ja, wenn Sie's nicht mehr nötig haben. Gute Nacht!«

Sie streckte mir die kleine, warme Hand entgegen, die ich mit erheblich abgekühlter Inbrunst an meine Lippen drückte.

Ich hatte zwar die längste Zeit der Überfahrt im Schlafe verbracht, und die Bezüge waren feuchtkalt wie in allen Gasthäusern der Welt, aber trotzdem war ich sehr bald fest eingeschlafen. Das Auf-und-nieder der Schiffsbewegung steckte mir noch in den Gliedern und wurde zu einem angenehmen Wiegen; in meinen Ohren tönte das Rauschen des Meeres noch nach und lullte mich in immer tieferen Schlummer.

Merkwürdigerweise blieb ich mir dieses Wiegens und Rauschens immer noch bewusst, obwohl ich, wie gesagt, ganz fest schlief: Ja, das Brausen wurde immer lauter und mächtiger, wie wenn sich ein Orkan erheben wollte. Ich hörte ganz deutlich den schrillen Pfiff der Möwen, das Geschrei des Sturmvogels. Und dann ward das Dröhnen und Poltern der Maschine immer lauter: Man hatte offenbar die Dampfkraft auf das Äußerste angespannt. Rumpumpumpumpumpum! Mein Gott, wenn nur der Kessel nicht platzt! Rumpumpum – rumpumpum – rumpumpum! Von der Kommandobrücke tönte durch das Sprachrohr die

Stimme des Kapitäns, fast erstickt von dem Kreischen und Heulen des Sturmes, aber dennoch vernehmlich ...

»Zum Donnerwetter noch mal! Hört denn das Geschrei nicht bald auf? Das ist ja zum Tollwerden!«

Und dann polterten zwei kräftige Männerfäuste zornentbrannt gegen die Tür am Kopfende meines Bettes. Und nun pochte es, wenn auch bedeutend bescheidener, gegen die andere Tür, jene hinter dem Waschtisch, und eine jammervolle sächsische Tenorstimme rief:

»I, nu hären Se, mein kutstes Madamchen, was is Sie denn das bloß mit den Kleenen? Er wird sich de ganze scheene Stimme vergnaren. Gäben Se'n doch e bisschen was Sisses! Derf ich Sie denn vielleicht mit e Stickchen Schocklade unter de Arme greifen? 's is von Jordan und Dimäussen in Dräsen.«

Das war's also, was ich für die überheizte Maschine gehalten hatte, und die ganze übrige Sturmmusik besorgte Fumps, das Wunderkind, ganz allein.

Eben hatte ich mich im Bett halb aufgerichtet, auch meinerseits der Mutter dieses Knaben milde, aber dringliche Vorstellungen zu machen, als diese schon selbst vor mir stand mit dem Schreckensbündel auf den Armen.

»Ach, die grässlichen Herren!«, wehklagte die kleine Frau, dem Weinen nahe. »Können nicht einmal ein armes Kind schreien hören, ohne sich wie die Wilden zu betragen! Ach, bitte, halten Sie ihn nur einen Augenblick und suchen Sie ihn still zu kriegen, bis ich ihm seinen Fencheltee gewärmt habe!« Und ohne erst meine Zustimmung abzuwarten, drückte sie mir das Steckkissen mit seinem strampelnden, zeternden Insassen in die Arme. Zwar hatte ich Frau Amalia Dammelbocks Jüngstes über die Taufe gehalten, aber diese geringe Vorübung genügte doch nicht, um mich dieser so viel schwierigeren Aufgabe gewachsen zu machen. Ich schaukelte den jungen Ferdinand Müller aus Leibeskräften hin und her – es half nichts! »Pischmischwischwisch!« Es half nichts! Ich redete ihm freundlich zu: »So sei doch nur still, mein süßes Viehchen – es gibt ja gleich Zuckerchen!« Es half nichts! Ich beklopfte das Steckkissen unten und oben, ich ließ es in die Höhe hopsen – es half nichts!

Und dabei wollte der Fencheltee immer noch nicht warm werden, und aus beiden Nebenzimmern, selbst in dem des gemütlichen Sächsers, machte man in vernehmlicher Weise seiner Entrüstung Luft. Mir selbst gellten die Ohren, wie wenn ich in einer engen, bedeckten Bahnhofshalle eine halbe Stunde lang das schrille Pfeifen einer Lokomotive ganz aus der Nahe hätte anhören müssen. Das konnten meine Nerven denn doch nicht aushalten, und ich schrie dem unbarmherzigen Fumps an:

»Kind, jetzt halt endlich den Schnabel!«

Und wirklich, das kleine Ungeheuer zuckte zusammen, verstummte, riss seine verquollenen, hellen Äugelchen weit auf und starrte mich verwundert an. Gleich darauf jedoch zogen sich die Mundwinkel wieder in die Quere, die Guckelchen verschwanden, die Ärmchen ampelten, und F F F setzte es mit einer neuen Rachearie ein.

»Aber nei – pfui, Herr Baron, das arme Kind so anzuschreien!«, rief die aufgeregte Mama, nun wirklich in Tränen ausbrechend, und entriss mir Unwürdigen ihren Liebling. »Männer sind wirklich zu gar nichts zu gebrauchen! Was haben sie dir getan, mein Fumpelchen, mein süßes, mein einziges?«

Mit einem heftigen Krach warf ich mich auf die Seite und zog die Steppdecke über die Ohren. Oh, wie gut verstand ich jetzt meinen Freund Karl Ferdinand! Ich hätte es noch vorgestern nicht begreifen können, wie ein Mann von Gemüt sich von einem so reizenden Weibchen, wie Mistress Mimi war, freiwillig und auf unbestimmte Zeit zu trennen vermöchte. Nunmehr aber war mir alles klar. »Oh, du grundgütiger Himmel«, seufzte ich, »wenn ich sie erst über die hinterpommersche Grenze hätte! Ich heirate nie – oder höchstens eine Witwe mit erwachsenen Töchtern!«

Der Tee war schließlich doch warm geworden: Ich konnte weiterschlafen. Und ich tat es mit einer ingrimmigen Festigkeit, mit dem eisernen Vorsatz, nicht aufzuwachen, und wenn zehn Fümpse rings um mein Bett ihre Organe entfesselten. Trotzdem wurde ich noch einmal aus dem heiligen Schlummer gestört, indem mich die Geigersfrau am Arm rüttelte und mir entsetzt ins Ohr raunte: »Hören Sie bloß, es tappt draußen was! Da, jetzt murkst es an der Tür! Ach Gott, ach Gott! Sie haben doch einen Revolver?«

Ich musste mich wirklich aufraffen und nach dem verdächtigen Geräusch horchen – und was war's? Der Hausknecht holte die Stiefeln von der Tür weg! Endlich, nachdem auch dieses Schrecknis überstanden war, gönnten mir meine Schutzbefohlenen ein paar Stunden Schlaf.

Es war heller, lichter Tag, als ich erwachte. Die blonde Geigersfrau war schon längst wieder auf den Füßen, saß in einem hellen Morgenrock, der ihr allerliebst stand, am Fenster und ließ den kleinen Ferdinand auf ihrem Schoße tanzen, während sie ihm leise dazu sang. Ich beobachtete das liebliche Getändel eine ganze Zeit, ehe sie bemerkte, dass ich wachte.

»Na, endlich wieder munter?«, redete sie mich an. »Sie haben aber einen gesunden Schlaf! Dreimal ist der Fumps noch gekommen, und Sie haben sich nicht gerührt – bloß ein bisschen gegrunzt im Traume. Und jetzt ist es halb elf!«

»Halb elf? Und zwei Minuten vor zwölf geht unser Zug! Ach, gnädige Frau, warum haben Sie mich denn nicht früher geweckt? Wollen Sie vielleicht so freundlich sein und nun Ihrerseits ein wenig hinausgehen? Ich ziehe mich ganz geschwind an.«

Sie tat, wie ich sie gebeten, und ich hörte sie, während ich mich ankleidete, draußen den langen Korridor auf und nieder tänzeln und trällern. Eigentlich war sie doch ein recht nettes Weibchen, und das kleine Abenteuer hätte so hübsch ablaufen können, wenn nur dieser hoffnungsvolle Sprössling nicht mit von der Partie gewesen wäre! »Überhaupt«, philosophierte ich, »ist es doch eine sehr unvollkommene Einrichtung, dass die Kinder so furchtbar jung zur Welt kommen!«

Wir nahmen alsdann gemeinsam das Frühstück ein. Mistress Mimi schenkte den Kaffee ein, bestrich mir die Semmel mit Butter, und das Kind benahm sich für seine Verhältnisse äußerst anständig. Es konnte also nicht fehlen, dass wir in die beste Stimmung gerieten. Das Wetter war übrigens auch wunderschön, und in diesem warmen Sonnenschein machten sich die großen, veilchenblauen Augen der blonden, kleinen Dame besonders gut. Da kam der Kellner mit der bestellten Rechnung und dem Fremdenbuche.

»Schicken Sie gleich den Hausknecht herauf, um unsere Sachen hinunterzutragen, und in zehn Minuten möchten wir eine Droschke zur Bahn haben!«, rief ich dem sich Zurückziehenden nach.

»Ja, liebe Frau Müller, was schreibe ich nun da hinein?«, wandte ich mich in großer Verlegenheit an meine Schutzbefohlene.

»Das ist doch einfach«, lachte sie: »K. F. Müller, Virtuose, nebst Frau und Söhnchen aus London.«

»Wenn Sie meinen ...«, und mit etwas unsicheren Buchstaben verleugnete ich urkundlich meinen anständigen Namen. Dann ergriff ich die Rechnung – sie war gepfeffert.

»Hui!«, sagte ich. »Sie müssen entschuldigen, verehrte Frau, wenn ich von nun an Ihre Kasse in Anspruch nehme: Ich habe mich vollständig ausgegeben.«

»Meine Kasse? Wie meinen Sie ...«

»Nun ja, Ihr Mann bat mich, für Sie auszulegen und Ihnen dann Rechnung abzulegen. Hier habe ich alles aufgeschrieben – bitte!«

»Ja, hat Ihnen denn mein Mann nicht das Geld für mich mitgegeben?«

»Nicht einen Heller!«

»Wie? Mein Gott, er sagte doch ...«

»Sie haben gar kein Geld bei sich?«, rief ich entsetzt und wurde so blass wie das Tischtuch.

»Nein – bloß ein paar Schillinge für meine kleinen Ausgaben. ›Dein Reisegeld gebe ich dem Herrn Baron in Verwahrung‹, sagte mein Mann.«

»Der Spitzbube!«, fuhr ich auf.

»Ach Gott, ach Gott, ich armes, unglückliches Weib! Liebster Herr Baron, verlassen Sie mich nur nicht in dieser grässlichen Not!«

»Ich Sie verlassen? Wenn ich nur wüsste, wie ich das anfangen sollte? Ich habe gerade noch zwölf gute Groschen im Vermögen.«

»Ich zwei Taler und ein bisschen Kleines.«

»Davon können wir noch nicht einmal die Hotelrechnung bezahlen!«

Der Kellner, gefolgt vom Hausknecht, trat wieder ein und meldete, dass der Wagen vorgefahren sei.

Wir hätten uns anders besonnen, meiner Frau sei nicht ganz wohl, stotterte ich und fühlte, wie dabei mein ehrliches Gewissen seine rote Flagge in meinem Antlitz aufhisste.

Ob die Herrschaften zur Table d'hôte erscheinen würden.

Zur Table d'hôte! Ich als ein falscher Ehemann und heimlicher Urkundenfälscher mich an einem Orte sehen lassen, wo doch am Ende jemand mich kennen konnte! Die Welt ist ja so klein, man entgeht ja nirgends seinen Freunden. Wir würden auf dem Zimmer speisen.

Der Mann war so liebenswürdig, mich darauf aufmerksam zu machen, dass das Kuvert, auf dem Zimmer serviert, eine Mark mehr koste.

Das sei mir *tot égal*, herrschte ich den Befrackten mit einiger Gereiztheit an. Natürlich: Was er doch nicht bezahlen kann, darauf kommt's keinem Noblen an.

Der Mann entfernte sich, nicht ohne zuvor einen neugierigen Blick in das Fremdenbuch getan zu haben. Kaum war er hinaus, so sprang ich wütend auf, rannte im Zimmer auf und ab wie ein hungriger Panter im Käfig und machte meinem gepressten Herzen durch die zärtlichsten Beteuerungen an die Adresse des edlen Herrn Gemahls meiner Schutzbefohlenen Luft.

Mississ Mimi wusste unterdessen nichts Besseres zu tun, als ihren Erstgeborenen, »ihr Einziges, ihr Süßestes, ihren Herzenstrost« an ihren Busen zu drücken und mit demselben gemeinsam ein erschütterndes Ach-und-Weh-Duett anzustimmen. Hätte der Rabenvater die Tränen seines blonden Opferlammes gesehen, die furchtbare Stimme seines den Zorn des Himmels auf sein Haupt herabrufenden Sprösslings vernommen, so hätte sich gewiss sein harter Sinn erweicht. Ein Glück für ihn, dass die Nordsee zwischen uns lag; denn ich fühlte eine unbändige Lust in mir, ihm zum Dank für den einstigen Geigenunterricht nun meinerseits die Flötentöne beizubringen!

»Was tun, was tun? Oh du Grundgütiger … was tun? Woher nehmen und nicht stehlen?«, raste ich.

»Ach Gott, ach Gott, ach Gott!«, schluchzte Mississ Mimi. »Mein Ferdinand! Ist es denn zu glauben? Er war doch sonst immer so nett zu mir, und ich hab' doch nichts getan – außer mal mit seinen Variationen, wo ich sagte, sie wären scheußlich – und ich wusste doch nicht, dass sie von ihm waren. Ach Gott, ach Gott, ach Gott! Mein Fumping, mein Süßing, nun müssen wir verhungern und kommen nie mehr nach Belgard zu Großmama.«

»Nun, nun, liebe Frau Müller«, tröstete ich, »verhungern werden Sie nicht gleich. Ich habe uns ja vorläufig die Table d'hôte aufs Zimmer bestellt.« Und da Mutter und Kind trotz dieser Aussicht nicht aufhören wollten, zu weinen, so streichelte ich mit einer Hand dem Baby über den Kahlkopf, mit der andern klopfte ich Mississ Mimi beruhigend auf die Schulter.

Bei dieser Beschäftigung überraschte uns das Zimmermädchen, welches schon früher von Madame den Auftrag erhalten hatte, frische Kuhmilch für Fumps zu besorgen. Das gute Mädchen zeigte sich sofort von echt weiblichem Mitgefühl für die unbekannten Leiden des kleinen Schreihalses ergriffen, nahm der Mutter, während diese den bewussten Kochapparat in Tätigkeit setzte, das Bündel ab und ging tänzelnd und trällernd damit im Zimmer umher, so dass es bald die stimmlichen

Feindseligkeiten einstellte und nur noch ein Tönchen von sich gab, welches von den beiden Damen einstimmig für ein entzückendes Lachen erklärt wurde.

Wenn schon die Hamburger Dienstmädchen überhaupt mit ihren gesunden Farben, ihrer anmutigen Fülle, ihrer blendend weißen Wäsche und ihrem koketten Häubchen mit Recht für die hübschesten Dienstmädchen im Deutschen Reiche gelten, so war doch gewiss eine so reizende Zimmerkellnerin wie diese selbst für Hamburg eine Ausnahme. Sie gefiel mir umso besser, als meine blonde Mississ Mimi mit ihrem verweinten Gesichtchen einen gar auffallenden Gegensatz zu dieser lachenden, stattlichen Friesin bildete. Ich habe nämlich niemals verweinte Damen leiden können und halte es für eine der lächerlichsten Gewohnheitslügen der Romanschreiber, dass Tränen eine weibliche Physiognomie verschönen sollten.

Ich beobachtete die reizende Hotelnymphe aus der Fensternische heraus, in welche ich mich bescheiden zurückgezogen hatte, mit dem innigsten Wohlgefallen und war geradezu betrübt, dass die Klingel sie bald wieder abrief.

Ich trommelte gegen die Scheiben und blickte sinnend über den blanken Spiegel des luftigen Alsterbassins hinweg ins Blaue.

»Wissen Sie noch nichts, Herr Baron?«, unterbrach endlich die »Genossin meiner Schmach« die lange Stille, während welcher nur das behagliche Schnaufen des eifrig sich nährenden Säuglings zu vernehmen gewesen war. Ich wandte mich um und nahm eine imposante Haltung an.

»Ja. Madame«, sagte ich, »ich weiß etwas! Ich werde hingehen und die goldene Uhr, die mir mein Papa zum Lohn für das bestandene Examen gestiftet hat – versetzen!«

Die Rührung drohte mich zu übermannen, ich musste mich hastig wieder abwenden.

»Ach nein, das dürfen Sie gewiss nicht tun – die schöne Uhr! Warten Sie, da fällt mir ein: Ich habe ja das goldene Armband mit dem großen Rubin drin, das mir mein Mann zur Hochzeit geschenkt hat – warten Sie, das hole ich gleich aus dem Koffer. Hunderdundzwanzig Taler, die Ersparnis von drei Jahren, habe er damals dafür aufgewendet, sagte mein Ferdinand. Und jetzt kann er mir nicht einmal das Reisegeld nach Hause geben, der abscheuliche Mensch, der ... Ach, er wird aber doch sehr böse sein, wenn er's erfährt, dass ich sein Hochzeitsgeschenk versetzt habe, denn als es uns in London auch mal so knapp ging, dass wir versetzten mussten, und ich das Armband dazu hergeben wollte, da sagte er: ›Mimi, wenn du mich lieb hast, so versetze das Armband nicht, es wäre mir zu schmerzlich!‹ Ja, das sagte er, Herr Baron – ach, er war doch ein so gefühlvoller Mann, mein Ferding!« Und darüber brach die Gute wieder in neue Tränen aus.

Mich aber rührte meine neue goldene Ankeruhr doch mehr als die schmerzlichen Gefühle des hinterlistigen Geigers, und ich bemächtigte mich daher des Armbandes, sobald Mississ Mimi es aus des Koffers Tiefe hervorgewühlt hatte, und beeilte mich, damit zum Hause hinauszukommen.

Es war ein so herrlicher, sonniger Frühherbstmorgen, wie geschaffen dazu, sich ein Boot zu mieten und vergnüglich die Alster hinunterzutreiben, oder besser noch in Gesellschaft der hinreißendsten aller Zimmerkellnerinnen eine Lustpartie mit dem Dampfer nach Blankenese zu unternehmen. Fahret hin, ihr holden Träume! Stattdessen zwang mich mein grausames Geschick, in dieser schönen Seestadt, in der ich keine Menschenseele kannte, mit tunlichster Eile einen begüterten Hebräer ausfindig zu machen, um nur den notdürftigsten Mammon in die Hand zu bekommen. Ich vertiefte mich in die älteren Stadtgegenden, weil ich in jenen unscheinbaren Gassen eher einen verschwiegenen Nothelfer zu finden hoffte.

Sonderbar! Sooft ich mich an einer Straßenecke umsah, um den Rückweg nicht zu verfehlen, fiel mir derselbe graugekleidete Herr in mittleren Jahren auf, welcher schon, als ich das Hotel verließ, dicht hinter mir aus dem Portal getreten war. Aber, wie gesagt, ich kannte keine Menschenseele in Hamburg, es war also wohl nur ein Zufall, der jenen Herrn eben dieselben krummen Wege führte.

Ich hatte endlich das Schild eines Pfandleihers entdeckt und betrat nun mit ewigem Herzklopfen dessen staubige Rumpelkammer von einem Laden.

»Entschuldigen Sie, mein Herr«, begann ich in peinlichster Verlogenheit, »ich sehe mich zu meinem größten Bedauern genötigt, ein kostbares Kleinod ...«

»Kenn' ich, kenn' ich – zeigen Se her und reden Se keinen Stuss!«, unterbrach mich der Israelit rücksichtslos.

»Hier ein goldenes Bracelet mit einem prachtvollen Rubin – hat hundertundzwanzig Taler gekostet.«

»Woher wissen Se das so genau, junger Herr?«

»Ich? Nun ich – ich muss es doch wissen – ich habe es ja selbst meiner Frau zur Hochzeit geschenkt!«

»Zur Hochzeit! Nu soll mer einer kommen und sagen, die jungen Leute haben keine Kurasch mehr!« Der grässliche Sohn Abrahams schien äußerst belustigt zu sein. »Ja, dann hab' ich wohl die Ehre, mit dem Herrn K. F. Müller, wo hie eingraviert steht: ›Seiner Mimi zum 5. August 1873‹?«

»Gewiss bin ich der!«, versetzte ich trotzig.

»Und wo wohnen Sie? Verzeihen Sie, bei so kostbare Gegenstände muss ich den Besitzer ganz genau feststellen.« – Wie das Scheusal verbindlich grinste!

»Hotel de l'Europe«, gab ich kurz und hochfahrend zur Antwort.

Er verbeugte sich so tief, dass seine bedeutende Nase fast den Ladentisch berührte.

»Nu, weil Sie's sind, gnädiger Herr Müller, will ich geben – eine Mark!«

»Eine – Mark?! Erlauben Sie, Herr Abrahamsohn, ich habe mich wohl verhört?«

»Verzeihen Se gütigst, durchaus nicht. Ich gebe immer den dritten Teil vom Taxwert – ganz reelles Geschäft, Herr Müller! Dies Armband, was Sie haben Ihrer Mimi geschenkt zum 5. August 1873, ist von Tombak, der Rubin von Glas. Wert drei Mark, und eine Mark leih' ich darauf.«

»Tombak?!«, rief ich ganz entsetzt. »Dann werden Sie vielleicht behaupten, dass diese Uhr auch von Tombak sei!« Und ich hakte mit zitternden Fingern meine schöne Uhr los und reichte sie dem lächelnden Semiten.

»Oh nein, Herr Müller, das ist eine schöne, solide, echt goldene Uhr!« Er betrachtete sie von allen Seiten und öffnete dann das Gehäuse, um die Firma zu sehen. Und wieder verzogen sich seine alttestamentarischen Züge zu jenem diabolischen Grinsen. »Gott steh mir bei! Was haben sich der Herr Müller da für eine schöne Krone hineingravieren lassen und so feines Wappen dazu!« Das Wappen und die Krone innen auf dem Deckel! Mein Himmel, dass ich auch daran nicht gedacht hatte! Es stand diesem schadenfrohen Hebräer auf dem Gesicht geschrieben, was er von mir dachte. Säufer und Mörder hatte man mich bereits gestern geheißen, heute hielt man mich zur Abwechslung für einen Dieb! War das nicht zum Tollwerden?!

Ich würdigte den Pfandleiher keines Wortes weiter, sondern entriss mit einem raschen Griffe meine geliebte Ankeruhr seinen wappenschänderischen Klauen und stürzte ohne Gruß auf die Straße hinaus. An der nächsten Ecke fiel mir ein, dass ich das verwünschte tombakene Armband mit dem gläsernen Rubin bei Abramsohn auf dem Ladentisch hatte liegen lassen. Oh, wie gut verstand ich jetzt, warum der gefühlvolle Karl Ferdinand es nicht übers Herz bringen konnte, sein kostbares Brautgeschenk zu versetzen! »Ach was«, dachte ich, »lass den Plunder, wo er ist – nur diesen entsetzlichen Israeliten nicht wiedersehen!« Ich wandte mich um und reckte drohend die Faust gegen das Lokal, wo man mich unschuldigsten aller Maulesel mit so abscheulichem Verdachte gekränkt. Und da – nein, dies war doch mehr als Zufall! – sah ich, wie eben jenes graugekleidete, mittelgroße Individuum den Laden betrat, den ich soeben verlassen hatte. Sollte es ein Geheimpolizist … Welche reizende Aussicht – oh, ich würde sicherlich ein paar recht vergnügte Tage in dem lustigen Hamburg verleben! Und in dieser ganzen Republik keine bekannte Seele, welche mich als das harmloseste aller Menschenkinder und als anständiger Sohn anständiger Eltern anerkennen konnte!

Halt, ein Gedanke – mein Vater! Er war der Einzige, der mir aus der Patsche zu helfen vermochte. Ihm musste ich meine verzweiflungsvolle Lage rückhaltlos aufdecken, er musste helfen, mochte er auch sonst von der so verbreiteten Väterkrankheit der Schwerhörigkeit in Geldsachen noch so sehr ergriffen sein. Ich fragte mich nach dem nächsten Telegrafenamt durch und dann … ja, aber wie nun die Depesche abfassen? Ich hatte nur zwölf gute Groschen in der Tasche, und das Telegrafieren war damals noch nicht so billig wie heute. Nach längerem Besinnen überreichte ich endlich dem Beamten folgendes Schriftstück zur Drahtbeförderung:

»Baron W., Schwerin. Verzweiflung nahe. Sitze mit Frau und Kind fest. Bitte, viel Drahtgeld. Ernst, Hotel de l'Europe.«

Mit dieser Leistung war ich ziemlich zufrieden. Besonders tat ich mir auf die Wortbildung ›Drahtgeld‹ nach dem Muster von Drahtantwort etwas zugute. Der Satz: »Sitze mit Frau und Kind fest« musste zwar meinem Herrn Papa rätselhaft erscheinen, jedenfalls aber ihn ganz außergewöhnliche Bedrängnisse vermuten lassen. Und so schwang sich denn mein Geist, sobald ich diese meisterhaft redigierte Depesche unterwegs wusste, mit der Spannkraft der Jugend zu neuer Hoffnung auf. Ein prächtiger Spaziergang und der Genuss eines sehr billigen zweiten Frühstücks, bestehend aus einem Käsebrot und einem Glase Bier, trugen das Ihrige zur Aufbesserung meiner Stimmung bei, und so kam es, dass ich nach zwei Stunden verhältnismäßig heiter und gefasst mein vornehmes Hotel wieder betrat.

Welch reizender Zufall! Auf dem langen Korridor sah ich das entzückende Zimmermädchen vor mir herwandeln. Ich beschleunigte meine Schritte, legte mit einer mir noch heute unfassbaren Keckheit meinen Arm um ihre Taille und flüsterte in verliebter Hast:

»Mein süßes Kind, ich finde Sie hinreißend!«

»Mein Herr! Bitte wollen Sie mich mal fix 'n büschen loslassen!«, versetzte die Schöne unwirsch, entfernte ziemlich unsanft meine Hand und schritt rasch weiter.

»Aber Schätzchen, wer wird denn so spröde tun!«, beharrte ich und erhaschte ihre beiden Handgelenke.

»Ich bin nicht Ihr Schätzchen! Pfui, schämen sollten Sie sich was – einen verheirateten jungen Ehemann!«

Sie wich wieder zurück und zog mich mit, da ich sie nicht freigeben mochte.

»Verheiratet – ich?«, lachte ich auf. »Da, sehen Sie doch nur meine Finger an! Wo ist der Ring?«

»Was, Sie haben nicht mal einen Trauring an!«, rief die Schöne ganz laut und entrüstet. »Na, Sie sind mich auch einen schönen jungen Ehemann! Sind Sie schon so weit, dass Sie ihren Trauring in die Weste stecken, wenn Sie ausgehen? Na, denn sputen Sie sich man, dass Sie ihn ankriegen; hier ist Nummer 47.«

Erst jetzt bemerkte ich, dass wir uns gerade vor meinem Zimmer befanden. Aber das Mädchen war mit seinen zornfunkelnden Augen und den geröteten Wangen geradezu unwiderstehlich, und wenn ein von Natur schüchterner Mensch einmal aus sich herauszugehen wagt, dann kennt meist seine Tollkühnheit keine Grenzen mehr, geradeso wie das ärgste Hasenherz durch Pulverdampf und Kanonendonner so trunken gemacht werden kann, dass es wie ein Löwe ficht. Und mit gedämpfter Stimme rief ich: »Ach was, Ehemann hin, Ehemann her! Du hast ja einen zu süßen Mund, Schneck!«, nahm sie beim Kopfe, und ehe sie sich dessen versah – schmatz, da saß er! Leider etwas vorbei, auf dem linken Nasenflügel, statt auf den schwellenden Lippen, jedoch auch der linke Nasenflügel war ja sehr nett. Und eben wollte ich mich trotz der heftigen Gegenwehr der spröden Schönen erlauben, meinen Druckfehler zu korrigieren, als sich die Tür von Nummer 47 auftat und Mississ Mimi als Racheengel auf der Schwelle erschien.

Ich schreckte unwillkürlich zusammen wie ein ertappter Sünder und ließ das aufkreischende Zimmermädchen aus meinen Armen entschlüpfen. Und Mississ Mimi starrte mich sprachlos an, aber nur einen Augenblick, dann brach sie in die nicht mehr unbekannten Tränen aus und schluchzte:

»Nein, nein, dies ist zu viel, zu viel, ich – ich lasse mich scheiden!«

»Scheiden?« Nun war an mir die Reihe, zu erstarren. »Scheiden! Madame, Sie irren sich wohl in der Person! Ich ...«

»Jawohl, junge Frau!«, rief das Zimmermädchen ganz vom Ende des Ganges her dazwischen. »Lassen Sie sich man düchtig scheiden! Das tät' ich auch. Das ist 'n ganzen Windhund, der junge Herr!«

Und zugleich taten sich verschiedene Türen auf, Kellner eilten herbei, um nach der Ursache dieses aufgeregten Gespräches zu sehen, und ich nahm meine holde Schutzbefohlene ziemlich unhöflich bei der Hand und zog sie mit mir ins Zimmer hinein.

Ich war zu gekränkt, zu empört, jeder Nerv zitterte in mir. Was hatte ich nicht alles in den letzten achtundvierzig Stunden um diese Frau gelitten und getragen! Die bittersten Ehrenkränkungen hatte ich ihr zuliebe ruhig eingesteckt, meinen ehrlichen Namen hatte ich verleugnet, den Freuden einer durchaus unfreiwilligen Vaterschaft hatte ich mich ohne Murren unterzogen, ja, um sie war ich dem Erlynchungstode nahe gekommen, und zum Lohn dafür wollte sie sich nun von mir ›scheiden‹ lassen!

»Meine gnädigste Frau«, knirschte ich, indem ich eine imposante Haltung annahm, »es gibt Verhältnisse, in welchen der Mensch, wenn er gereizt wird, zum Lamm, ... in welchen ein Lamm ... und wenn der Mensch ... in welchen der Mensch, und wenn er ein Lamm wird ... Madame! Als ich mich verpflichtete, Ihnen meine ritterlichen Dienste zu weihen, da hätte ich nicht gedacht, dass zwischen London und Belgard der Weg mit Dornen gepflastert sein würde, welche, wenn sie, wie sie bisher getan haben, zu verwunden imstande zu sein ich in dieser Weise geahnt haben würde, wenn sie ... wie sie ... diese Dornen, wenn sie ... wie sie ... Madame! Haben Sie mich verstanden? So kann es nicht weitergehen!«

Ich war mir schmerzlich bewusst, mich in meiner Rede sozusagen einigermaßen »verheddert« zu haben. Sie schien jedoch immerhin ihre Wirkung nicht ganz zu verfehlen, denn Mississ Mimi trocknete geschwind ihre Tränen und schaute förmlich ängstlich zu mir auf.

»Seien Sie nur nicht so böse, lieber Herr Baron!«, sagte sie ganz kleinlaut. »Ich war wirklich so in Gedanken an meinen treulosen Mann – und wie ich nun draußen die Stimme hörte, da hatte ich in der ersten Bestürzung wirklich ganz vergessen, dass wir ja eigentlich gar nicht verheiratet sind.«

»Ich möchte aber doch sehr bitten, dass Sie das nicht wieder vergessen«, versetzte ich frostig und gemessen.

»Aber denken Sie doch, lieber Herr Baron, Sie sind doch jetzt meine einzige Stütze, bis ich nach Belgard zu Mama komme: An wen soll ich mich denn sonst halten, wenn Sie immer vor meiner Türe die Zimmermädchen abküssen?«

Darauf entgegnete ich noch schärfer: »Erstens, meine liebe Frau Müller, pflege ich nicht ›fortwährend‹ Zimmermädchen abzuküssen, und zweitens steht es mir frei, zu küssen, wen ich mag, Sie natürlich ausgenommen.«

»Ja, wenn Sie durchaus küssen wollen, dann küssen Sie doch meinen süßen Snuting, meinen kleinen Ferding!«

Ehe ich noch meinen Dank für dies freundliche Anerbieten auszudrücken vermochte, klopfte es an die Tür, und auf mein ärgerliches »Herein!« trat – wer ins Zimmer? Der merkwürdige Herr im unscheinbaren grauen Anzug, welcher mir auf der Straße wie ein Schatten gefolgt war. »Nun wird's nett!«, dachte ich und ließ mich vorsichtshalber in den nächsten Stuhl fallen.

»Habe ich vielleicht das Vergnügen mit Herrn und Frau Müller aus London?«, fragte der Unscheinbare mit einem höflichen Bückling.

Mississ Mimi bejahte eifrig. Mir selbst war die Kehle wie zugeschnürt.

»Dann habe ich hier einen Gegenstand abzugeben, den der Herr Gemahl im Laden von Daniel Abramsohn vergessen hat.« Und er legte das unglückselige Armband mit dem großen Rubin vor der erstaunten Besitzerin auf den Tisch.

»Mein Armband«, rief sie aus, »vergessen – im Laden?«

»Ja, weil es doch bloß von Tombak ist!«, rief ich barsch.

»Tombak – was ist das?«

»Quark!«, knirschte ich.

Mississ Mimi begriff natürlich den Zusammenhang nicht und blickte ratlos zwischen mir und dem Unscheinbaren hin und her.

»Ganz recht, Quark«, klärte dieser sie auf, »das heißt, ganz wertloses Zeug! Ihrem Herrn Gemahl passierte der Irrtum, es für Gold zu halten.«

Und nun ließ sich Missis Mimi ebenfalls auf einen Stuhl sinken und schlug die Hände vor das Gesicht.

»Und dann hätte ich noch einen kleinen Auftrag auszurichten«, fuhr der fürchterliche Unscheinbare fort. »Mein Name ist nämlich Paulsen, von der geheimen Kriminalpolizei. Hier ist meine Legitimation, wenn die Herrschaften sich vielleicht überzeugen wollen.«

»Von der geheimen Kriminal...?!«, stotterte Mimi und ich aus einem Munde.

»Haben Sie vielleicht auch zufällig so 'ne kleine Legitimation bei sich, Herr Müller?«

»Ich – nein – wozu denn?«

»Ach, denn sind Sie wohl so freundlich und kommen mal 'n büschen mit. Der Herr Polizeiinspektor wird sich sehr freuen, Ihre Bekanntschaft zu machen, Herr Müller, und Ihre Frau Gemahlin ...«

»Zum Teufel mit meiner Frau Gemahlin!«, rief ich, wütend aufspringend. »Ich habe gar keine Frau Gemahlin, Gott sei Dank!«

»Ach, Sie sind gar nicht verheiratet!«, lächelte der schattengraue Paulsen. »Denn macht uns Madame wohl das Vergnügen, gleich mitzukommen. Der Herr Polizeiinspektor ist da 'n büschen komisch in, was so die kleinen familären Verhältnisse angeht. So was mag er zu gern leiden! Ich habe gleich einen Wagen mitgebracht, den können ja die Herrschaften benützen, und das Kleine können Madame ja mitnehmen.«

»Mein Herr«, rief ich entrüstet und mit möglichster Verleugnung aller jugendlichen Ehrfurcht vor den Dienern der hohen Obrigkeit, »mein Herr, ich verbitte mir Ihre schlechten Scherze! Gehen Sie nach Hause und melden Sie dem Herrn Polizeiinsprektor, dass ich die Ehre haben würde, ihm nach dem Diner meine Aufwartung zu machen, um ihm die gewünschte Auskunft über mich und diese Dame zu geben.«

Da machte der Unscheinbare plötzlich ein verteufelt ernsthaftes Gesicht und sagte mit scharfer Betonung:

»Sie werden gut tun, Herr Müller, sich meinen Anordnungen ohne Widerstand zu fügen. Es möchte Ihnen doch peinlich sein, wenn ich Sie von Schutzleuten mit dieser Dame über die Straße transportieren ließe.«

Von Schutzleuten transportieren! Mississ Mimi brach natürlich in Tränen aus bei dieser Aussicht, und ich war nahe daran, es ihr nachzutun. Doch zog ich schnell mein Schnupftuch und machte mir eifrig damit zu tun, um die aufsteigenden Zähren ohnmächtigen Zorns zu verbergen. Da riss mir der hinterlistige geheime Kriminal das Tuch mit einem raschen, unverschämten Griff einfach von der Nase fort und grinste:

»Ach, was haben Sie für schön gestickte Taschentücher, Herr – Müller! So eine große, rote Krone, dass man Ihnen auf eine Meile weit schon den Baron ansieht! Sie erlauben wohl, dass ich diesen Gegenstand als Beweismittel an mich nehme?«

»Ich verschmähe es, mich mit Ihnen überhaupt noch weiter einzulassen«, sagte ich verächtlich. »Gehen wir, mein Herr.«

Und wir gingen wirklich. Die schluchzende, an allen Gliedern bebende Mississ Mimi musste ich am Arm die Treppe hinuntergeleiten, und der geheime Kriminal sah sich genötigt, das wohlverwahrte Baby hinterdrein zu tragen. Das unschuldige Wurm war sonderbarerweise in bester Laune und lächelte den Schergen der blinden Gerechtigkeit freundlich an.

Unten im Portal vertrat uns der Besitzer des Hotels den Weg. »Mein Herr, ich darf Sie wohl ersuchen, erst Ihre kleine Rechnung zu begleichen, ehe Sie mein Haus verlassen.«

Abgestumpft, wie ich war, durch die lange Reihe von Schicksalsschlägen, welche mich getroffen, konnte mich dieser neue Blitz kaum mehr verwirren, und ich antwortete ruhig: »Ich bedaure, dazu augenblicklich nicht in der Lage zu sein. Doch hoffe ich noch im Laufe des Tages telegrafisch Geld angewiesen zu erhalten. Sollte während meiner Abwesenheit eine Depesche an Baron v. W. eintreffen, so bitte ich, mir dieselbe durch Boten zuzustellen. Dieser Herr wird Ihnen die Adresse sagen.«

»Oh, die Adresse weiß ich schon allein, Herr Baron«, versetzte der Hotelier höhnisch. »Ich werde mich vorläufig an Ihr Gepäck halten.« Ich würdigte diesen gewöhnlichen Menschen keines Wortes weiter, sondern verließ schweigend das Haus und bestieg schweigend die bereitstehende Droschke.

Eine Viertelstunde später wurde ich bereits vor den Herrn Polizeiinspektor geführt.

Ha, weh mir! Sah ich recht? Oh namenlose Tücke des Schicksals! Der Herr Polizeiinspektor war kein anderer als mein entsetzlicher, graubärtiger Prophet von der Argo! Dieser Unmensch würde mich mit Wonne zum Tode verurteilt haben, wenn das in seiner Macht stünde, dessen war ich mir mit Grausen bewusst. Und leichenblass taumelte ich zurück und suchte den Ausgang zu gewinnen. Zwei Polizisten kamen mir jedoch zuvor und schoben mich gewaltsam vor den grünen Tisch, hinter welchem der Entsetzliche thronte.

»Ich wusste es wohl, dass wir uns bald hier wiederfinden würden, junger Mensch!«, hub er an, und seine scharfen, grauen Augen glitten förmlich vergnügt an meiner ganzen schlanken Gestalt hinab und nagelten meine Füße gleichsam am Boden fest. Und dann fuhr er mit triumphierendem Tone fort: »Habe ich Ihnen nicht gleich angesehen, wes Geistes Kind Sie sind? Dass Sie mir so gerade in die Arme laufen mussten, das war freilich mehr Ihr Pech als mein Verdienst, obwohl ich eigens Ihretwegen nach England gereist war.«

»Meinetwegen?« Ich war starr vor Staunen.

»Jawohl, Ihretwegen«, wiederholte der Entsetzliche, sich an meiner Bestürzung weidend. »Und nun wollen wir mal sehen, ob Sie vernünftig sind, und uns keine überflüssigen Weitläufigkeiten machen. Also, bitte, das Protokoll! Sie heißen, junger Mensch?«

Ich gab ohne Zaudern meinen wirklichen Namen an. Die schnöden Büttel, diese Polizisten, platzten fast mit lautem Lachen heraus, und selbst der grimmige Inspektor lächelte, wie eben ein solcher Unmensch lächeln kann.

»Sie sind geboren – entschuldigen Sie, ich wollte sagen: hochwohlgeboren – wann und wo?«

»Dann und da.«

»Sie sind?«

»Nun, Baron! Das habe ich ja schon gesagt.«

»Nun, gewiss, Baron – natürlich sind Sie Baron! Ich möchte wissen, was ist Ihre Beschäftigung, Ihr Gewerbe?«

»Gewerbe? Ich gedenke Philosophie zu studieren.«

Wieder platzten die bildungslosen Polizeiorgane im Hintergrund mit ihrem traurigen Lachen heraus, und ihr würdiger Inspektor höhnte:

»Ei, mein Verehrtester, da haben Sie sich ja trefflich auf Ihr Studium vorbereitet während Ihrer internationalen Schwindelfahrten. Wir werden uns übrigens bemühen, Ihnen jetzt längere Muße zum Philosophieren zu verschaffen.« Es wurde hiernach die Aussage des Herrn Paulsen zu Protokoll genommen, und im Munde dieses geheimen Unscheinbaren kam mir selber beinahe alles, was ich seit heute Morgen getan, höchst verdächtig vor. Dann wandle sich der Entsetzliche wieder an mich: »Können Sie uns vielleicht über Ihr Verhältnis zu jener blonden jungen Frau, welche mit Ihnen gemeinsam das Zimmer Nummer 47 bewohnte, wahrheitsgetreue Angaben machen?«

Ich hatte ja nichts Unrechtes zu verschweigen, also sagte ich die volle Wahrheit. Ich hätte wahrscheinlich dasselbe getan, selbst wenn ich meine Schutzbefohlene dadurch schwer kompromittiert hätte, denn mein Zorn gegen diese unschuldige Ursache meiner zahllosen Höllenqualen war furchtbar und hatte jedes zärtliche oder auch nur galante Gefühl in mir erstickt. Es versteht sich wohl von selbst, dass man mir kein Wort glaubte.

Der Inspektor erwiderte Folgendes auf meine längere Auseinandersetzung:

»Nun, wir werden ja nachher von der Dame selbst vielleicht die Wahrheit hören, falls Sie die arme Entführte nicht schon früher vorbereitet hatten. Jedenfalls bestätigt mir ihre bewunderungswürdige Keckheit und Erfindungsgabe den Verdacht, den ich gleich auf dem Schiffe gegen Sie fasste. Ich möchte Ihrem Gedächtnis etwas zu Hilfe kommen, junger Mensch, welches durch den allzu frühen und reichlichen Alkoholgenuss offenbar bereits gelitten hat.«

Und er ergriff ein Papier und las daraus ein Steckbriefsignalement ab, welches mit fotografischer Treue meine äußere Erscheinung wiedergab. Statur Mittel, Gesicht rund, Haare blond, Bart – keiner, Augen blau, Nase gewöhnlich, Mund gewöhnlich, besondere Kennzeichen fehlen! Wer mich nach dieser eingehenden Beschreibung nicht unter Tausenden heraus erkannte, der musste doch mindestens farbenblind sein! Und nach dieser Vorlesung erhob der scharfsinnige Beamte sein Organ zu wahrhaft niederschmetternder Größe und rief:

»Sie sind der Kellner Max Emanuel Kipfel, genannt Wurm, gebürtig aus Hammelburg bei Schweinfurt, ein trotz seiner Jugend sehr gefährlicher Hochstapler, der unter den verschiedensten vornehmen Namen hier und drüben die raffiniertesten Schwindeleien ausgeübt hat. Eine gewisse Eleganz der Erscheinung und Ihre kolossale Unverschämtheit sind Ihnen dabei sehr zustatten gekommen. Mein erfahrenes Auge konnten Sie aber nicht täuschen: Ich sah Ihnen gestern beim ersten Schritt den Kellner an!«

Nun konnte ich mich nicht mehr halten. Um die Tränen der Empörung zurückzudrängen, brach ich in ein höhnisches Gelächter aus. Das ärgerte natürlich den Unfehlbaren gewaltig, und er ließ mich sofort ins Polizeigewahrsam abführen. In der galgenhumoristischen Stimmung, in welcher ich mich nunmehr befand, fragte ich den Schließer, um welche Stunde hier Table d'hôte gespeist werde. Wenn ich's bezahlen wollte, erwiderte er, könnte er mir sogleich schaffen, was ich verlangte. Da ich aber nur noch drei englische Pence in der Tasche hatte, so war ich genötigt, auf das Diner zu verzichten. Und so sah ich mit furchtbar knurrendem Magen die Sonne hinter vergitterten Fenstern sinken und die Schleier der Nacht sich über den Tag meiner Schmach ausbreiten. Oh diese Nacht! Oh diese Schlafkameraden! Oh dieser Hunger!

Aber der nächste Morgen brachte mir endlich die Erlösung aus allen meinen Leiden in Gestalt meines lieben Papa! Ach, mit so stürmischer Inbrunst war ich dem gesegneten Manne seit meiner Geburt – nein, ich will sagen, seit meinem Konfirmationstage – nicht um den Hals geflogen! Und ich weinte mich ohne Scheu an seiner Brust aus.

»Herrgott, Junge, wie konntest du bloß so verrückt telegrafieren! Ich dachte schon, du hättest dich am Ende in England heimlich verheiratet!«

»Verheiratet – ich? Nein, Papa, ich heirate nie – darauf kannst du Gift nehmen!«

Mein Vater war so vorsichtig, im Gegenteil durchaus keine so gefährlichen Stoffe zu sich zu nehmen, sondern er führte mich vielmehr zunächst in einen Austernkeller.

Mississ Mimi habe ich nie wiedergesehen. Ich hätte ihren blonden Anblick auch nicht ertragen können. Ob und wie sie nach Belgard gekommen sein mag, weiß ich nicht.

Meinem Freunde Karl Ferdinand Müller muss ich aber die Gerechtigkeit widerfahren lassen, dass er nach einigen Monaten mir sowie meinem Vater alle Auslagen zurückerstattete. Damals, als er mir seine hübsche Frau und den stimmbegabten Fumps anvertraute, hatte dem armen Teufel wirklich das Messer dermaßen an der Kehle gesessen, dass ihm der Geniestreich allenfalls zu verzeihen war. Später aber hatte er eine gute Stellung als Konzertmeister erhalten, die ihm ein anständiges Auskommen mit Frau und Kind gewährte.

Wasserscheu

Ich kam aus einer langweiligen Gesellschaft und hatte einen ziemlich weiten Weg nach Hause. Eine Turmuhr schlug eins, als ich an den hell erleuchteten Spiegelscheiben des Café Kaiserhof vorbeischritt, in welchem die Genossen von der Feder einander am liebsten suchten und am sichersten finden ließen. Ich fror aufrichtig – ein Schälchen heißen Kaffees, das war ein schöner Gedanke! Vielleicht auch, dass sich noch ein gleichgestimmter Busen fand, bereit, den Ärger über die Öde dieses angebrochenen Nachmittags zu verscheuchen. Einen Augenblick noch zögerte ich und wollte erst nach bekannten Gesichtern auslugen, aber die weißen Vorhänge bedeckten die Spiegelscheiben so weit, dass ich nur jene seltsam ausgesetzten Schichten von Tabaksnebel sich langsam über den Köpfen der Gäste über- und ineinanderschieben sah.

So trat ich denn hinein. Meine Augengläser beschlugen sich, so dass mein Blick kaum auf zehn Schritt den dichten Nebel durchdringen konnte, und umnebelnd auf die Kopfnerven wirkte auch im ersten Augenblick der plötzliche Übergang aus der kalten Nachtluft in den feucht-warmen Treibhausbrodem, gemischt aus fein narkotischen oder spirituosen Dünsten und dem süßsäuerlichen Seelenphlegma frisch aufgetauter Menschen.

Nun saß ich in irgendeiner Ecke, putzte meine Gläser und schaute, blöd aufblickend, mich in meiner nächsten Nachbarschaft um. Wie ärgerlich! Kein bekanntes Angesicht ringsumher zu entdecken – auch nicht, als ich meine Augen wieder bewaffnet hatte. Nur an einem Nebentischchen saß ein einsamer kleiner Mensch, dessen Rücken mir bekannt vorkam. Diese breiten, geraden Schultern, die immer so hoch hinaufgezogen wurden, um die mangelhafte Weiße des Hemdkragens zu verbergen, diese etwas bedenkliche Kurve des Rückgrats, und vor allen Dingen diese auffallend dünnen Beine, die, als wollten sie ihrer Dünnheit dadurch eine wirksame Folie geben, gewohnheitsmäßig um die noch dünneren Stuhlbeine herumgewickelt wurden – und trotzdem in zwei höchst ausgewachsenen Plattfüßen endigten – alle diese besonderen Kennzeichen passten auf meinen seltsamen Kollegen Robert Biener, den kleinen galizischen Juden, welcher diesen unverfänglichen Namen durch ein einfaches Permutationsverfahren aus der etwas genanten Grundform Reb Obertiner gewonnen hatte.

Nobert Bieners Name stand zwar auf den neuesten Sternkarten des nördlichen Literaturhimmels verzeichnet, konnte aber nur von passionierten Planetensuchern mit den besten Instrumenten beobachtet werden, da er nur selten als Verfasser allerdings höchst geistvoller kritischer Aufsätze in wenig gelesenen Fachblättern auftauchte. Einem engeren Kreise literarischer Caféhausgäste war er mehr als durch seine Arbeiten durch seine seltsame Persönlichkeit bekannt. Die Schärfe seiner Kritik war imposant, seine Skepsis unheimlich, seine Rednergabe, wenn er gut aufgelegt war, glänzend. Im Übrigen wusste man von seinem Tun und Treiben nur, dass er mit Anstand hungerte und mit Überzeugung das Wasser und die Seife hasste. Aus diesem Grunde konnten ihn die meisten Kollegen – nicht riechen.

Auch ich durfte mich nicht rühmen, zu seinen Intimen zu zählen und hatte ihn nur selten getroffen und gesprochen. Trotzdem aber und trotz meines elenden Personengedächtnisses hätte ich seine kleine Figur und sein geistvoll garstiges Gesicht immer und überall wiedererkannt. Wie gesagt, seine Rückseite war es, das da vor mir – es fehlte nur noch das lange, struppige, schwarze Haar, welches einige Zoll tief über den schmierig glänzenden Rockkragen herabfallen musste – und dann war auch dieser Rock selbst so verwirrend neu und gutsitzend! Er hatte eine Zeitung vor sich und einen Haufen weiterer Zeitungen neben sich auf einem Stuhle. Da, jetzt wandte er, nach einem neuen Blatte greifend, sein Gesicht mir zu. Er war es, ohne Zweifel! Die spitz hervortretenden Backenknochen, der breite Mund mit den schmalen Lippen, die große, wenn auch nicht unbedingt semitische Nase, die tiefliegenden, stechenden Augen unter den buschigen Brauen und der graugelbe Teint. Nur der Bart machte mich noch einen Augenblick stutzig, indem er nämlich erst jüngst, und zwar beträchtlich gestutzt erschien.

Ich trat an seinen Tisch. »Herr Biener, nicht wahr?«, redete ich ihn an. »Wir haben uns so lange nicht gesehen – Sie werden sich vielleicht kaum mehr erinnern ...«

»Oh doch! Gewiss erinnere ich mich! Herr ...« Er suchte nach meinem Namen. Ich kam ihm lächelnd zu Hilfe, und dann fuhr er, scharf zu mir aufblickend und seine langen Nägel mit hörbarem Kratzen durch den struppigen Schopf schiebend, mit anmutigem Grinsen fort: »Freilich, freilich kenne ich Sie – natürlich, bitte sehr! Ich habe ja erst kürzlich Ihr neues Buch gelesen. Übrigens – nehmen Sie es mir nicht übel, wie können Sie solchen Quark schreiben?«

»Quark? Oh!?« Das kam mir doch etwas plötzlich, wie wenn mir jemand mit der freudigen Aufforderung, gefälligst Platz zu nehmen, einen kräftigen Stoß in die Kniekehlen versetzt und gleichzeitig den Stuhl weggezogen hätte. »Sie gestatten wohl, dass ich um nähere Begründung dieses harten Urteils bitte.«

Ich heuchelte vollständige Gemütsruhe, setzte mich aber doch recht fest auf den Stuhl, um den gefährlichen Folgen weiterer Angriffe gegen meine Kniekehlen vorzubeugen. Und nun setzte mir Reb Obertiner, alias Robert Biener, mit der liebenswürdigsten Sacksiedegrobheit sonnenklar und binnen fünf Bierminuten auseinander, dass ich zweifelsohne einer der windigsten Schmierfinke meines Jahrhunderts sei – wobei ich übrigens noch das süße Bewusstsein hatte, dass er aus persönlicher Wertschätzung sich eigentlich nur einer zart andeutenden Ausdrucksweise bediente. Sagte er: »Sie sind ja überhaupt nur ein schlecht verkappter Romantiker«, so meinte er entschieden: Cretin! Spottete er gutmütig über meinen Mangel an Logik, so meinte er: Idiot!

Ich war also gerichtet! Als Poet tot, maustot! Er hatte es mir ja mathematisch bewiesen – dagegen war nichts zu machen. Ich ergab mich in mein Schicksal und paffte nur etwas stärkere Rauchwolken aus meiner Zigarre, um wenigstens den sichtbaren Beweis meiner Fortexistenz als Weltbürger nach meinem künstlerischen Tode vor Augen zu haben.

»Und wie ist es Ihnen sonst ergangen?«, fragte ich, um ihn auf etwas anderes zu bringen, nach einer kleinen Verdauungspause.

»Oh, toll genug!«, rief er, seine gelben Zähne fletschend. »Ich kann Ihnen versichern, es ist mir lange nicht so gut gegangen. Noch in der letzten Woche habe ich zweimal warm gegessen – zum Abgewöhnen, wissen Sie; denn es tut nicht gut, wenn man von den Fleischtöpfen Ägyptens sich so unmittelbar auf die trockene Semmel des Philosophen zurückzieht.«

»Wie das? Erzählen Sie doch! Wo haben Sie so lange gesteckt?«

»Ich war verreist«, erwiderte er geheimnisvoll, indem er seine dünnen Finger mit den langen Nägeln schlenkernd hoch über den Kopf reckte, als wollte er andeuten, er sei auf dem Monde gewesen. »Da oben, in höheren Sphären – auf der Menschheit lichten Höhen – hehe! Das heißt auf Deutsch: Ich war unter die Philister gefallen.«

»Eine Delila haben Sie auch gefunden, wie ich sehe«, ergänzte ich, auf seine unfrisierten, gekappten Haare deutend.

»Na ja. Machen Sie nur immer Ihre Witze, ich hab's verdient!«

»Erzählen Sie doch! Sie machen mich furchtbar neugierig!«

»Das glaube ich. Sie sind ja bekannt dafür, dass Sie überall nach Humoresken herumschnuppern. Also hören Sie zu – ich schenke Ihnen den Stoff!«

Er ließ sich noch ein Glas Tee kommen, das er mich bat, für ihn auslegen zu wollen, da er zufällig nicht genug Geld beigesteckt habe, und dann begann er zu erzählen:

»Also sehen Sie, die Sache kam so. Ich habe gehungert, ich habe keinen ganzen Rock auf dem Leibe gehabt, und ich habe mir um erbärmlichen Lohn das Gehirn ausgepresst und die Finger krumm geschrieben – und das war nicht einmal, das war nicht die Ausnahme, sondern das war die Regel. Man gewöhnt sich sogar an den Hunger, wenn man nur sonst imstande ist, dem Drange seiner eingeborenen Natur frei zu folgen. Ich dachte, was mir gefiel, und schrieb, was mir gefiel – wollten diese Esel von Redakteuren davon nichts wissen und nichts zahlen – nu, dann habe ich eben geschimpft und gehungert. Aber sehen Sie, da kommen die lieben Freunde, die guten, mitleidigen Menschenbrüder und liegen einem in den Ohren und hetzen einen gegen sich selber auf: Das geht nicht, lieber Freund, dass du lebst wie ein Hund bei deinem Talent; du musst dich hinausbegeben, hinauswagen unter die Menschen, du musst hinaufkraxeln auf die höchsten Misthaufen und dich droben spreizen und krähen: Kikeriki, seht, was ich für ein Haupthahn bin! Und dann musst du ferner bedenken, dass ein so ausgemergelter Vogel mit einem so ruppig-struppigem Balg von keinem anständigen Federvieh für einen Haupthahn angesehen wird. Du musst endlich einmal damit anfangen, dir auf irgendeine Weise so viel Geld zu verdienen, dass du dich wenigstens satt essen und mit einem reinen Hemde und einem reputierlichen Rock auf dem Leibe unter die Menschen gehen kannst. Trittst du in zerschlissenem Gewande, ungewaschen und unfrisiert auf den Plan, dann magst du Schiller, Goethe, Lessing und Schopenhauer in einer Person sein, die anständige Menschheit wird dir doch die Tür vor der Nase zuwerfen und dich anschnauzen: ›Hier wird nichts gereicht!‹ –

Der Mann, der mir das zu Gemüte führte, das war der Doktor Joelsohn, der Rechtsanwalt – Sie kennen ihn ja wohl auch? – Ich muss ihm recht geben und außerdem … er hat mir oft genug mit kleinen Beträgen ausgeholfen, mit einer so angenehmen Selbstverständlichkeit, obschon er selbst eigentlich nichts übrig hat – na, sehen Sie, so was rührt mich nun immer! Also ich war schwach und sagte zu ihm: ›Schön, lieber Freund, versuchen Sie Ihr Glück mit mir – Arbeit scheue ich nicht – wenn es Ihnen gelingt, aus mir einen sogenannten anständigen Menschen zu machen, dann will ich Sie für einen der talentvollsten Rechtsverdreher von unsere Leut erklären!‹ – Was Wunder, wenn dieser Köder ihn zu den großartigsten Anstrengungen in meinem Interesse anspornte? Schon nach wenigen Tagen kommt er gelaufen und schreit: ›Ich hab' was, ich hab' was! Unser berühmter Dichter, der geniale‹ – mein Zartgefühl verbietet mir, Ihnen den Namen zu nennen – ›also der sucht so eine Art von Sekretär. Ich habe Sie aufs Wärmste empfohlen. Zunächst ist's freilich nur Abschreibearbeit. Na, Sie schreiben ja eine saubere Hand. Aber später sollen Sie ihm auch helfen, historisches Material herbeizuschaffen, Auszüge aus Büchern machen und dergleichen mehr. So, nun seien Sie gescheit, kämmen Sie sich Ihre wüste Mähne durch, waschen Sie Ihre Hände in Unschuld, und beschneiden Sie Ihre Klauen – damit er nicht gleich den Löwen merkt und Angst kriegt. Und dann kommen Sie gleich mit. Vor seiner Haustür ziehen Sie meinen Sommerpaletot an und knöpfen ihn von oben bis unten zu – sonst werden Sie am Ende nicht hineingelassen!‹ – Ich war folgsam wie ein Lamm, betrug mich wie ein Schaf, und infolgedessen beehrte mich denn auch der große Mann mit seinem Vertrauen. Ich schleppte sein Manuskript nach Hause und wollte mich sofort an die Arbeit machen, denn das Honorar, das er in Aussicht gestellt hatte, war wirklich nobel! Um mich erst ein bisschen zu orientieren, fange ich an, in der Handschrift zu blättern. Gleich auf der ersten Seite stießen mir ein paar Dummheiten auf – aber so was kann ja vorkommen. Ich lese also weiter und weiter, und wie ich auf der letzten Seite angekommen bin – unterdessen war es Abend geworden – da packt mich der dreimal heilige Zorn über diesen großprotzigen Idiotismus … Ich renne spornstreichs zu meinem berühmten Arbeitgeber zurück – notabene ohne Joelsohns Sommerpaletot! – um ihm sein elendes Geschmier … Der gnädige Herr war beschäftigt, ich musste eine Viertelstunde antichambrieren. Na, da hatte ich denn Zeit, mich ein bisschen zu beruhigen und mir klar zu machen, dass es doch eigentlich undankbar gegen den guten Kerl, den Joelsohn, handeln hieße, wenn ich diesen Cretin da gar so unsanft vor dem Kopf stoßen wollte. Und wie nun der Ölgötze endlich so gnädig ist, mir sein Eselsohr zu leihen, lasse ich mich herbei, ihm eine ganz höfliche Verbeugung zu machen, und sagte: Sie entschuldigen, verehrter Herr, wenn ich Sie störe. ›Ich möchte mir nur erlauben, bevor ich die Abschrift in Angriff nehme, Sie auf einige kleine Irrtümer aufmerksam zu machen‹, na, und so weiter. Ich schlage das Manuskript auf und weise bloß auf einige der ärgsten Schandflecke hin, Albernheiten, die für Witz gelten wollen, stilistische Ungeheuerlichkeiten, skandalöse Bildungslücken, haarsträubende Geschmacklosigkeiten und noch ein paar Kleinigkeiten. ›Sehen Sie, lieber Herr‹, sage ich, ›wozu soll ich das abschreiben? Nehmen Sie lieber die Sache erst noch mal gründlich vor, oder am besten, Sie fangen noch einmal von vorne an – obwohl ich freilich gestehen muss, dass es kaum der Mühe lohnen dürfte, indem nämlich eine eigentliche Idee mir überhaupt nicht vorhanden und der ganze Vorwurf von vornherein ziemlich Quatsch zu sein scheint.‹ – Da packt doch den Menschen eine Wut – ich sage Ihnen, so etwas hab' ich mein Lebtag noch nicht gesehen – und ich hatte mich doch so höflich und schonend ausgedrückt, wie ich es irgend verantworten konnte! Er schwillt auf wie ein Frosch, wird rot im Gesicht wie ein kalekuttischer Hahn und faucht und schnaubt mich an, dass mir ordentlich bange um ihn wurde. Und dann stürzt seine Frau herein und sein Dienstmädchen, und ein paar Kinder fangen nebenan zu heulen an vor Schreck – und dann kriegt er mich beim Kragen und schmeißt mich positiv die Treppe hinunter. Unten hilft mir der Portier wieder auf die Beine und ist so freundlich, mich aus der Haustür hinauszuleiten, wofür ich dem braven Mann ein Trinkgeld in die Hand drückte, mit dem Auftrag, den Herrn Doktor von mir zu grüßen, und ich ließe ihm sagen, für ihn schriebe ich nie wieder eine Zeile ab, und wenn er sich auf den Kopf stellt!«

»Unglaublich!«, warf ich ein, äußerst ernsthaft, innerlich schadenfroh. »Wie kann man bloß so empfindlich sein, so undankbar gegen einen wohlgemeinten, guten Rat?«

Er blickte mich scharf von der Seite an. Natürlich war es ihm nicht entgangen, wie vergnügt es mir um die Mundwinkel zuckte – natürlich hatte er mich durchschaut! Es war unmöglich, diesem unheimlichen Menschen etwas vorzumachen. Er schlürfte seinen Tee halb aus und fuhr dann fort, ohne meine Bemerkung weiter zu beachten: »Mir tat's ja nur um meinen Freund Joelsohn leid, dass er sich so vergeblich für mich bemüht haben sollte. Dass er die Sache ganz falsch auffasste und mir allein die Schuld für den missglückten Versuch beimaß, das brauche ich Ihnen wohl nicht besonders zu versichern! Aber es gibt eben Menschen, die selbst durch Schaden nicht klug werden wollen. Schon nach wenigen Tagen hat sich dieser unverwüstliche Menschenfreund von seinem Schreck erholt und macht mir einen neuen Vorschlag. Mit einem ebenso triumphierenden als geheimnisvollen Lächeln drückt er mir einen Zeitungsausschnitt in die Hand. Da stand ungefähr zu lesen: Eine Dame wünscht behufs fortdauernder geistiger Anregung mit einem philosophisch gebildeten Herrn in Korrespondenz zu treten. Spätere persönliche Bekanntschaft nicht ausgeschlossen. Offerten unter so und so. – ›Na, was soll ich denn damit?‹, fragte ich, natürlich einigermaßen verwundert. – ›Das ist doch ganz klar‹, versetzte er, ›das ist natürlich irgendeine bildungswütige alte Schachtel, die in der Wolle sitzt und nichts zu tun hat, außer die Hoffnung zu hegen, dass sie vielleicht doch noch einen Mann bekommen könnte. Sie lassen sich mit ihr in einen Briefwechsel ein, imponieren ihr selbstverständlich ganz gewaltig und – wer kann wissen, was draus wird? Im Himmel werden ja die seltsamsten Ehen geschlossen.‹ – ›Pfui Teufel, Sie wollen mich doch nicht etwa verheiraten?!‹, rufe ich ganz entsetzt. ›Mit Frauenzimmern lassen Sie mich gefällig aus, ich muss schon bitten!‹ – Da zieht der Mensch einen Brief aus der Tasche – und was war's? Er hatte schon auf eigene Faust der unbekannten Philosophin meine Bereitwilligkeit erklärt, und das war die Antwort darauf! Ich riss ihm den Wisch wütend aus der Hand und fange an zu lesen. – Ich beruhige mich – interessiere mich – lese weiter – vier Seiten, acht Seiten, zwölf Seiten – sechzehn Seiten schrieb das Frauenzimmer, und ich kann Ihnen sagen: Gar nicht dumm! Alle Achtung! Natürlich etliche Begriffsverwirrungen, falsche Voraussetzungen, mondsüchtige Fantasien; aber es steckte doch Geist dahinter, gesunde Skepsis, Sehnsucht nach Erleuchtung. Die Geschichte reizte mich – dieser suchenden Seele musste geholfen werden! Ich sage meinem Schadchen schönen Dank und lieh mir ein bisschen Kleingeld von ihm, um mir sofort einen Vorrat von seinem Briefpapier und eine große Flasche violetter Salontinte anzuschaffen. Und noch am selben Abend antwortete ich meiner Heloise, wie sie sich innig unterschrieb, auf ihre sechzehn Seiten deren zwanzig, natürlich mit der Unterschrift: ›Ihr hochachtungsvoll ergebener Abälard‹.

Wissen Sie, ich als Philosoph, als Mann der unerbittlichen Logik, habe die Weiber nie ausstehen können. Ich habe sie nur als notwendiges Übel angesehen und für meinen geistigen Menschen existieren sie überhaupt nicht. Aber meine unbekannte Heloise – ich schäme mich gar nicht, es einzugestehen, die tat es mir dermaßen an, dass ich, nachdem die Korrespondenz so ein paar Wochen im Schwange gewesen war, ganz vergessen hatte, dass sie ein Frauenzimmer sei und sie einfach für meinesgleichen ansah. Ich kann Ihnen sagen, es war eine Freude, sich mit ihr herumzuzanken – und mit der bin ich nicht so sanft und höflich umgegangen, wie mit unserem berühmten Dichter! Aber sie nahm mir nichts übel und gab auch nicht leicht eine Partie auf. Harte Nüsse hat sie mir zu knacken gegeben, das weiß der liebe Himmel, und mehr als einmal hat sie mich nicht übel ins Bockshorn laufen lassen. Unsere sogenannten Briefe waren bald zu förmlichen Broschüren angewachsen – na, sie wagte auch bald einige schüchterne Andeutungen, dass sie sich ein Gewissen daraus mache, meine kostbare Zeit in solcher Weise in Anspruch zu nehmen. Das war ja nun sehr hübsch von ihr; aber ich konnte doch unmöglich so schofel sein, mir von ihr die Briefe etwa bezahlen zu lassen, die ich ja doch auch rein zu meinem Vergnügen schrieb. Es ging mir ja freilich damals gerade über alle Begriffe miserabel, und ich musste schließlich sogar mein schönes Federbett, das meine Mutter so allmählich aus den weißen Brüsten galizischer Gänse für mich zusammengerupft hatte … ach Gott ja, das musst' ich versetzen, um wenigstens zweimal in der Woche in der Volksküche essen und das Porto für meine Doppelbriefe bezahlen zu können. Trotz alledem wäre noch alles ganz schön gewesen, wenn nicht mein hinterlistiger Freund Joelsohn sich wieder in meine Privatangelegenheiten gemischt hätte.

Also denken Sie: Eines schönen Tages überfällt mich der Mensch wieder in größter Aufregung mit einer sogenannten Freudenbotschaft. ›Sie sollen kommen‹, schreit er, ›sofort sollen Sie sich aufmachen und hin!‹ – ›Wieso, wohin?‹, frage ich. – ›Na, zum Grafen natürlich, nach Schloss Kluczewo. Herrgott, Mensch, sehen Sie mich doch nicht so an, als ob Sie von gar nichts wüssten!‹ – ›Was soll ich wissen von einem Grafen und einem Schloss?‹, fahre ich auf; denn ich denke, er will mich foppen. – ›Nu wie heißt: Hat sie Ihnen nicht geschrieben, dass sie bei dem Grafen ist und darauf brennt, Sie persönlich kennenzulernen?‹ – ›Was, meine Heloise will mich kennenlernen, von Angesicht zu Angesicht? Nein, den Schmerz wollen wir ihr doch lieber nicht antun‹, sagte ich und schneide ihm eine Fratze, dass ein anderer gleich Reißaus genommen hätte. Aber was tut er, Joelsohn? Er greift in seine Tasche und holt ein Röllchen, in Papier gewickelt, heraus und zählt mir, so wahr ich hier sitze, zehn blanke Doppelkronen auf den Tisch. So viel Geld hatte ich noch nie auf einem Haufen gesehen – in meiner Behausung wenigstens nicht! Ich kann Ihnen sagen, mir zitterten die Knie, und es lief mir eiskalt den Rücken hinunter. Mir war zumute, als wollte mich jemand mit dem Mammon bestechen, dass ich meiner leiblichen Mutter, die mich geboren hat, soll Gift in die Schokolade schütten. ›Gehen Sie‹, keuchte ich, ›gehen Sie raus! Wofür halten Sie mich, Herr Joelsohn? Ich bin ein ehrlicher Mensch!‹«

Und was sagt er? ›Ein Narr sind Sie‹, sagte er, ›wenn Sie nicht gleich das koschere Geld einstecken und dem Herrn Grafen schreiben, zu welcher Stunde er Ihnen seine Equipage an die Bahn schicken soll.‹ Und nun klärte er mir den Zusammenhang auf. Meine Heloise war seit zehn Jahren Erzieherin in dem Hause des Grafen und wurde jetzt noch, obschon die Kinder bereits alle erwachsen waren, als eine werte Freundin dort behalten. Aber das untätige Wohlleben befriedigte sie nicht, und ihr reicher Geist fand in der Einsamkeit des Landlebens zu wenig Nahrung. So war sie auf den Gedanken gekommen, jene Annonce in die Zeitung setzen zu lassen. Und dann war wirklich eingetreten, was mein weiser Freund Joelsohn vorhergesehen hatte: Ich imponierte ihr, und sie empfand das brennende Bedürfnis, mich persönlich kennenzulernen. Der Graf, der den lebhaften Wunsch hegte, sich der geistvollen Erzieherin seiner Kinder dankbar zu erweisen, hatte ihr Geheimnis erraten und sich darauf mit Joelsohn als dem ersten Vermittler in Verbindung gesetzt. Und da hatte dieser Mensch sich nicht entblödet, ihm die ganze hundsgemeine Wahrheit über mich zu enthüllen! Von diesem Gelde sollte ich mich äußerlich rehabilitieren und außerdem die Reise bestreiten.

Nun, Sie werden selbst sagen müssen, es wäre schnöder Undank gewesen, die in einer so feinen Form angebotene Hilfe zurückzuweisen. Ich raffte also all meinen Mut zusammen, und dann sprang ich mit drei Schritten Anlauf auf den Tisch los und strich die zehn Doppelkronen ein. Ich werde den Moment nie vergessen – es wird mir auch wohl nicht zum zweiten Mal passieren! Ich kam mir vor wie Faust mit dem Hexentrunk im Leibe; – vierundzwanzig Stunden später hätten Sie mich nicht wiedererkannt! Mein Freund Joelsohn schleppte mich aus einem Laden in den andern und kleidete mich nach seinem Geschmack vom Kopf bis zu den Füßen neu ein. Erst ging's zum Kleiderhändler, dann zum Wäschehändler, dann zum Barbier und endlich gar … nein, hören Sie, das letzte war entsetzlich. Bisher hatte mir die Geschichte Spaß gemacht, das muss ich gestehen. Der kaffeebraune Kammgarnrock und die papageigrün gestreiften Hosen hatten, weiß der Teufel, mein philosophisches Herz höher schlagen machen, als wäre ich ein Backfisch, der sein erstes Ballkleid anprobiert. Auch den Barbier erduldete ich gutwillig, der mir die Perücke kappte und zwei hohle Hände voll Öl an meine schwarzen Borsten verschwendete. Aber dann kam das Entsetzliche! Mein Freund maß mich mit einem unendlich wehmutsvollen Blicke und flüsterte voll zärtlicher Schonung: ›Jetzt nur noch eins, lieber Robert! Sie müssen sich taufen lassen!‹

Na, das versteht sich ja am Rande: Mir ist es gleich, ob man mich Christ, Jud oder Moslem nennt. Ich bin ein freier Geist und lasse mich weder vom Rabbi, noch vom Pfaffen, noch vom Mufti an der Nase herumführen; aber einen gelinden Schrecken kriege ich doch. ›Verlangt das meine Heloise wirklich?‹, stotterte ich. – Und er darauf: ›Verlassen Sie sich drauf, sie verlangt's; aber nicht so, wie Sie denken, lieber Freund. Eine Handvoll Wasser tut's nicht bei Ihnen – Sie müssen ein Vollbad nehmen!‹ Ich muss Ihnen gestehen, hätte er mich nicht fest beim Arm gepackt und mit Gewalt hineingeschleppt in die nächste beste Badeanstalt, ich wäre davongelaufen; denn es war mir ein fürchterlicher Gedanke, nachdem ich nun schon so arg Haare gelassen hatte, auch noch die alte Haut, die in Ehren auf meinem Leib ergraut war, zu Markte tragen zu sollen. Sehen Sie, ich muss sagen: Die Reinlichkeit ist in meinen Augen eine ganz banausische Tugend. Der gemeine Mann findet eine Statue am schönsten, wenn sie ganz golden in der Sonne funkelt, wogegen der Kenner sie erst schätzt, wenn sie eine recht dicke grüne Patina angesetzt hat. Die alten Griechen bemalten ihre Marmorstatuen, weil das kalte Weiß ihren Schönheitssinn verletzte. Und so ist auch der Reinlichkeitsfanatismus nur eine beklagenswerte Verirrung unserer nervenschwachen Hyperkultur. Liegt etwa Charakter in einer gleichmäßig glatten, rosenroten Menschenhaut? Würde es die Schönheit des Waldes erhöhen, wenn man den Bäumen jeden Samstag die Borke glatt hobelte? Na also! –

Der Unmensch, dieser Joelsohn, stieß mich also wirklich mit roher Faust in eine Badezelle hinein. Eine Gefängniszelle wäre mir lieber gewesen! Aber was half's? Der Gedanke an meine Heloise machte mir Mut. Es geschah ja doch nur ihr zuliebe. Da sehen Sie, wie sehr es das

Frauenzimmer mir angetan hatte! Schinden ließ ich mich für sie, um würdig zu sein, ihr Sklave zu heißen. Einfach schmachvoll, nicht wahr? Ja, die Weiber, die Weiber! Aber es soll auch wahrhaftig nicht wieder vorkommen. – Das heißt, um der Wahrheit die Ehre zu geben: Wie ich dadrin saß in der warmen Flut, das war eigentlich ganz nett und mollig; aber nachher! Mir klappern die Zähne noch, wenn ich daran denke! Es war doch so gut, als hätte ich mein warmes Unterzeug versetzen müssen – und sonst war ich nur so leicht, so sommerlich gekleidet. Joelsohn war mir so fatal geworden, ich konnte den Menschen nicht mehr sehen! Ich rannte wie ein Besessener auf meine öde, elende Bude, riegelte mich da ein und warf mich zitternd aufs Bett. Aber, oh Gott, meiner Mutter schöner Daunensack befand sich ja noch auf dem Leihamte. Ich hatte bisher einfach in meinen Kleidern geschlafen – und in meiner Patina und mich dabei immerhin leidlich behaglich gefühlt. Nun aber fror ich wie ein Hund und schämte mich noch überdies in meinen neuen Kleidern wie ein Mensch, der unter seinem gestohlenen Bratenrock verbergen will, dass er kein Hemd auf dem Leibe hat. Ja, wahrhaftig, ich kann es nicht anders bezeichnen, ich kam mir vor wie ein neugeborenes Kind, so nackt und bloß und hilflos und gebrechlich. Erst als es völlig dunkel geworden war, wagte ich mich wieder auf die Straße hinaus und rannte wie ein Besessener, um mich zu erwärmen. Und dann, wie ich in das feine Viertel kam, mit all den glänzenden Schaufenstern, den aristokratischen Hotels und Restaurants, da packt mich plötzlich mit dämonischer Gewalt die Lust und die Begierde, mich auch einmal zu Gaste zu laden an der üppigen Tafel der oberen Zehntausend und meinen inwendigen Menschen zu erwärmen durch den Nektar, den die feile Natur sonst nur für diese Auserwählten wachsen lässt. Ich hatte ja ein neues Hemd und einen neuen Rock auf dem Leibe und echtes Gold in der Tasche! Ich steige also in ein unerhört vornehm aussehendes Restaurant hinein und lasse mir auftischen – Gerichte, die ich kaum vom Hörensagen kannte, und Weine … ah, wie mir das heiß durch die Adern rieselte! Das war eine Feuertaufe meiner Seele, ein Vollbad meines Magens, das ich mir gern gefallen ließ. Wie viel nachher die Rechnung betrug, das weiß ich nicht zu sagen – ich weiß überhaupt von dieser ganzen wüsten Orgie nichts mehr zu sagen, als dass ich am anderen Morgen auf der Pritsche einer Polizeiwachtstube erwachte! Und als ich meine Barschaft zählte, da betrug sie noch sechs Mark und fünfundsechzig Pfennige. Ich kaufte mir für fünf

Mark antiquarisch den Spinoza, den ich schon lange gern besessen hätte – und damit zog ich mich, weltentfremdet, in meine Klause zurück. Doch allein war ich nicht – denn unter dem Bett hervor stierten mich die feurigen Augen eines ungeheuren Katers an. Oh, dieser Kater. Ich sah nie seinesgleichen. Lassen Sie mich schweigen davon!

Da ich mich von meinen neuen Kleidern nicht sogleich wieder zu trennen vermochte und doch etwas Geld zum Leben haben musste, so verfasste ich ein paar kleine Aufsätze – haarsträubend pessimistisch, wie Sie sich denken können! Und damit ging ich dann hausieren bei den Redaktionen. Oh, es war ein tiefer Sturz in finstere Nacht, nachdem ich einen Tag lang auf der Menschheit lichten Höhen gewandelt war. Und das Schlimmste war: Meine Heloise schrieb nicht mehr! Sie hatte mich gewiss aufgegeben, seit ich ihr Vertrauen so schmählich getäuscht. Vielleicht hatte sie mich gar selbst mit dem Landauer des freundlichen Grafen, Viere lang, mit einem gallonierten Lakaien auf dem Bocke, am Bahnhof erwartet. Und ich elender Abälard hatte nicht einmal abdepeschiert! Noch niemals im Leben war ich mit der Welt und mit mir selbst so unzufrieden gewesen. – Wozu hatte ich nur ein Vollbad genommen, da *sie* mir nun doch verloren war. – Es war mir nicht gelungen, für irgendeinen meiner Aufsätze einen kleinen Vorschuss zu erhalten. Es blieb mir also nichts anderes übrig, als wieder in meine alte Haut zurückzufahren und mein Löwenfell sukzessive zum Trödler zu tragen. Ich breitete meine ganze Aussteuer vor mir aus, die schöne weiße und wollene Wäsche, den Reisekoffer, die pikfeinen Toilettengerätschaften, den hechtgrauen Paletot, den Bratenrock mit der weißen Piquéweste und der papageigrün gestreiften Hose und endlich den billigen, aber noch hochanständigen Reiseanzug. Nach längerer Überlegung packte ich diesen letzteren in den Reisekoffer, da der Gesellschaftsanzug mir doch von größerem Werte schien, um mich bei den Redaktionen in Respekt zu setzen. Zur Sicherheit, falls der Reiseanzug zu schlecht bezahlt wurde, nahm ich noch den Paletot über den Arm, und so trat ich auf die Straße hinaus. Wie ich nun beim Schlesischen Bahnhof vorbeikomme, renne ich – wem in die Arme? Natürlich meinem lieben Freunde Joelsohn! – ›Mensch, wo kommen Sie her?‹, schreit mich der an. ›Von Kluczewo? Verlobt?‹ – Was half mir alles Sträuben, die Wahrheit musste ja schließlich doch an den Tag kommen! Ich gestand ihm also alles. – Na, die Strafpredigt, die mir mein Freund hielt, werden Sie sich ungefähr vorstellen können! Aber wenn Sie meinen, dass er nun etwa gesagt hätte: ›Fahre hin! Ich rühre keinen Finger mehr für dich, ewig verlorenes Lieb‹, dann irren Sie sich. Oh nein, so leicht ist Joelsohn nicht loszuwerden! Er schleppte mich mit sich zum Essen, pumpte mir zehn Mark, und nahm mir das Versprechen ab, ohne sein Wissen nichts von meiner neuen Garderobe zu versetzen.

Fünf Tage später tritt er des Morgens in aller Frühe in mein Zimmer, heißt mich mit der strengen Amtsmiene eines Kriminalpolizisten aufstehen, mich waschen, ein reines Hemd anlegen, meinen grauen Anzug anziehen und meinen Koffer packen. Dann schleppt er mich gewaltsam auf die Straße hinaus und nach dem Schlesischen Bahnhof. – Alles ohne ein Wort der Erklärung. Dort löste er mir eine Fahrkarte dritter Klasse nach Tarnowitz, und händigt mir noch fünf Mark bar ein, wovon ich mir in Tarnowitz ein Billett zweiter Klasse nehmen sollte, nach der an der polnischen Grenze belegenen Station für Kluczewo. – Er hatte dem Grafen die ganze Wahrheit geschrieben, worauf dieser Menschenfreund noch einmal das Reisegeld zweiter Klasse eingesandt hatte, mit der Bedingung, dass ich nichts davon in die Hand bekommen sollte. Von der Ersparnis durch die dritte Klasse zog er sich seine zehn Mark ab, das Übrige wollte er mir per Postanweisung nachschicken, sobald er hörte, dass ich leibhaftig in Kluczewo angekommen sei. – Und denken Sie sich, ich reiste wirklich, ich langte lebendig an der Endstation um halb zwölf des Nachts an und wurde in einer geschlossenen Kutsche, allerdings nur mit zwei Pferden davor, aber mit einem unheimlich imposanten Kutscher und einem niederträchtig vornehmen Livreebedienten auf dem Bocke, auf das stolze Grafenschloss befördert. In rasender Geschwindigkeit ging es auf holprigen Landwegen durch die Nacht. Das mächtige Herrenhaus lag finster und schweigend da, als man mich vor der Freitreppe absetzte. Die Herrschaften waren alle schon zu Bett gegangen. Man ging hier früh zu Bett und stand früh auf. Weiter erfuhr ich vorläufig nichts von den Hausbewohnern. Ein leise auftretender Diener geleitete mich schweigend in mein Schlafgemach, und ich schlich mit Herzklopfen und auf Zehenspitzen hinter ihm her. ›Befehlen Sie vielleicht noch warmes Wasser zum Waschen?‹, fragte der Mann mit ernster Miene. Und als ich ziemlich verwirrt und erschrocken verneint, wünschte er mir Gute Nacht und ließ mich in meinem prächtigen Schlafgemach allein. Prächtig, sage ich, obwohl es nur ein einfaches, kleines Zimmer war, ohne jeden Prunk; dennoch hatte ich noch nie im Leben so vornehm gewohnt. Dieses mit Blumen bemalte Waschgeschirr von mächtigen Dimensionen, dieses Bett mit seinen feinen Bezügen, so schneeig weiß und eisglatt geplättet, dass mich bei dem Anblick fröstelte! Aber ich war jämmerlich müde von der langen, anstrengenden Reise, ich zog mich hastig aus und legte mich nieder. Hu, war das kalt! Mir klapperten die Knochen wie ein Mühlwerk. Denn ich hatte nur eine dünner Steppdecke zum Zudecken, außen Atlas und innen frisch gewaschene Leinwand. Oh, wie sehnte ich mich nach den galizischen Gänsedaunen meiner Mutter! Das entsetzliche Vollbad war noch nicht lange genug her, als dass ich mich in meiner Haut schon hätte wohlfühlen können. So kam es, dass ich trotz meiner Müdigkeit erst sehr spät einschlief.

Am andern Morgen erwachte ich von einem seltsamen Geräusch in meinem Zimmer. Und als ich blinzelnd die Augenlider hob, erkannte ich den Diener von gestern Abend, der damit beschäftigt war, eine große Wachstuchdecke mitten auf dem Fußboden auszubreiten und sodann ein unförmliches, riesiges Blechgefäß hereinschleppte und mitten auf die Wachstuchdecke stellte. Dann bemächtigte er sich meines Anzuges und meiner Stiefeln und schlich damit hinaus. Ich begann ein wenig ängstlich und infolgedessen ganz munter zu werden. Ich muss gestehen, ich war sehr neugierig, was sich nun noch alles ereignen sollte. Es dauerte eine ziemlich lange Zeit, ehe der Diener wieder erschien. Gott sei Dank, er brachte mir meinen Anzug wieder, legte die einzelnen Bestandteile in weiser Berechnung der Reihenfolge, in welcher man sie benutzt, über einen Stuhl und stellte die Stiefel, die Hacken zusammen und die Spitzen nach auswärts, davor auf den Teppich. Durch den herzförmigen Ausschnitt im Fensterladen fiel ein Sonnenstrahl gerade auf die Spitze des linken Stiefels. Ich wandte geblendet die Augen ab – noch nie hatten sie derartig blankgewichste Stiefel erschaut. Der Diener war durch meine Bewegung aufmerksam geworden und bemerkte, dass ich nicht mehr schlief. Sofort nahm er eine militärische Haltung an und fragte mit derselben leisen Stimme und derselben ernsten Miene, wie am Abend vorher: ›Befehlen Sie vielleicht warmes Wasser zum Waschen?‹ – ›Ja, bitte sehr, wenn Sie so freundlich sein wollen.‹ Denn warmes Wasser ist ja doch etwas ganz Angenehmes und benahm mir die Furcht, mich nach dieser frostigen Nacht durch die Morgenwäsche abermals der Gefahr einer Erkältung auszusetzen. Der Mann verschwand und kehrte nach wenigen Minuten zurück, in der einen Hand eine Blechkanne mit Deckel und der englischen Aufschrift

Hot water, in der andern einen großen Eimer, den er, als sei das die selbstverständlichste Sache von der Welt, auf die Wachstuchdecke neben dem rätselhaften Blechzober niederstellte. Darauf blickte er mich erwartungsvoll an, ich ihn desgleichen. Worauf, zum Teufel, mochte der Mann wohl warten! Ich ließ ihm Zeit, seine etwaigen Wünsche zu äußern. Da er aber beharrlich schwieg, so raffte ich mich endlich auf und nickte ihm lächelnd zu: ›Bitte, ich möchte jetzt aufstehen.‹

Meine Freundlichkeit tat ihm offenbar wohl, diesem in Dressur erstarrten Sklaven. Denn auch sein glatt rasiertes Gesicht verzog sich jetzt zu einem Lächeln, und er versetzte in entschieden wärmerem Tone: ›Bitte gehorsamst, sich nicht zu genieren, Herr Doktor! Der Herr Graf und unsere Damen lassen sich jeden Morgen einen Eimer kalt Wasser über den Kopf gießen, und Herr Graf haben mir befohlen, mich Ihnen zur Verfügung zu stellen.‹ – Einen Eimer kalt Wasser über den Kopf! Nein, da hörte denn doch wirklich die Gemütlichkeit auf! So was Verrücktes war mir denn doch noch mein Lebtag nicht vorgekommen! Und ich lehnte, energisch dankend, ab. – ›Vielleicht sind der Herr Doktor eine Zimmerdusche gewöhnt? Die haben wir auch. Wenn Sie sich eine Viertelstunde gedulden wollen, sie steht auf dem Boden.‹ – ›Ich muss auch dafür danken‹, versetzte ich, nun schon etwas gereizt. ›Ich bin stark erkältet und kann so was heute nicht riskieren.‹ – ›Oh, der Herr Doktor können auch ein warmes Vollbad bekommen; aber das dauert allerdings ein kleines Stündchen, bis es fertig ist, und die Herrschaften sitzen schon beim Frühstückstisch.‹ – ›Was, schon so spät!‹, rief ich erleichtert aus. ›Dann muss ich allerdings für heute verzichten.‹ – Jetzt entfernte sich endlich mein dienstbeflissener Quälgeist, und ich konnte ungeniert Toilette machen. Nein, dieser Reinlichkeitsfanatismus. Sie glauben es gar nicht! Da hingen an dem Riegel ein dünnes, feines, ein gröberes, rotbesticktes und ein türkisches Frottierhandtuch und daneben über einem besonderen Ständer auch noch ein Badelaken. Ich kann Sie versichern, dass ich mich wusch, so gründlich wie lange nicht, obschon ich ja vor kaum zehn Tagen erst ein warmes Vollbad genommen hatte! Aber dennoch färbte von dem verwünschten Eisenbahnruß noch etwas auf das schöne, weiße Handtuch ab, was mich höchlichst betrübte – denn was sollte mein Kammerdiener von mir denken, wenn er gleich am ersten Morgen mein Handtuch in diesem Zustande fand! Ich machte mich also daran, nunmehr dieses Wäschestück *in integrum* zu restituieren. Wasser hatte ich ja genug dazu

– Herrgott, ich hätte mich bequem darin ertränken können! Freilich ging mit allen diesen ungewöhnlichen Manipulationen viel Zeit verloren, und so kam es, dass ich endlich gegen neun Uhr so weit war, dass ich den Herrschaften meine Aufwartung machen konnte.

Mir zu Gefallen waren sie noch bis jetzt im Frühstückszimmer sitzengeblieben. Sie mochten wohl auf den Abälard ebenso neugierig sein, wie ich auf die Heloise. Ich stotterte einige Entschuldigungen über mein Zuspätkommen, die mir der Graf auf die liebenswürdigste Weise abschnitt, um mir alsdann seine Frau, seine drei Töchter, im Alter von zweiundzwanzig bis siebzehn Jahren, und endlich Fräulein Gabriele vorzustellen: Unsere liebe Freundin und einstige Erzieherin unserer Kinder, wie er sich ausdrückte. – Das war sie also! Ja, wie soll ich sie Ihnen beschreiben? Ich verstehe von Weibern nicht viel. Man sagt, dass die Schönsten gewöhnlich die Dümmsten wären. Und diesen Grundsatz umkehrend, hatte ich es gar nicht anders erwartet, als dass meine superkluge Heloise ein ganz ungewöhnlich garstiges Frauenzimmer sein werde. Aber nein, das war sie gar nicht. Sie war einen Kopf größer als ich, gut gewachsen, sehr nett und einfach gekleidet und meinem Geschmack nach geradezu hübsch und dabei noch gar nicht einmal alt. Ich taxierte sie auf höchstens hoch in den achtunddreißig, so *praeter propter* zehn Jahre älter als mich selbst. – Na, wenn die mich haben will, mit Vergnügen! Das war mein erster Gedanke. Meinem Scharfblick wollte es zwar erscheinen, als ob sie beim ersten Anblick meiner zufälligen Erscheinungsform einen gelinden Schreck gekriegt hätte. Aber als man uns dann allein ließ, und wir in höchst tiefsinnigen und erbaulichen Gesprächen den Park durchwandelten, da glaubte ich bald zu bemerken, dass ich wieder geistig zu wirken begann. Sie sah mich mit immer freundlicheren Augen an und ich desgleichen, dieweil ich zu meiner großen Freude erkannte, dass sie nicht nur schriftlich, sondern auch mündlich ein ganz famoser Kerl sei. Ich glaube wirklich, ungefähr so, wie mir damals, muss es einem zumute sein, der in ein ganz gewöhnliches Frauenzimmer verliebt ist.«

Hier machte Nobert Biener in seiner lebhaft und anschaulich vorgetragenen Erzählung eine Pause und starrte mit einer gewissen hämischen Wehmut vor sich hin auf sein leeres Teeglas.

»Darf ich nicht noch ein Glas für Sie bestellen?«, unterbrach ich sein Sinnen. Und dann, als er dies Anerbieten dankend angenommen hatte, fügte ich hinzu: »Na – und – Sie haben sie nicht geheiratet?«

Er seufzte tief auf, kratzte eine ganze Minute lang auf das Grausamste auf seinem interessanten Schädel herum, und dann fuhr er endlich düster fort: »Es war alles so nett – es hätte so hübsch werden können! Auch der Graf ein so wohlmeinender Herr, so ein rosiger Graukopf mit fabelhaft wohlgepflegten Händen, und die Komtessen schöne, große, gutgenährte junge Damen – aber die ganze Familie duftete dermaßen nach Seife, dass man ganz übel werden konnte; auch Fräulein Gabriele – Gott sei's geklagt! Und dann hatten sie eine Manier, einem hinter die Ohren zu gucken und auf die Hände und dann schamhaft zu erröten, wenn sie irgendetwas Ungehöriges entdeckt zu haben glaubten, einen schmalen Trauerrand unter den Nägeln oder dergleichen. Es war zum Auswachsen! Die jungen Mädchen hatten außerdem noch die unangenehme Eigenschaft, sich fortwährend zuzublinzeln oder gar anzustoßen, wenn ich bei Tische irgendein Verbrechen beging, das Gemüse mit dem Messer zu Munde führte, den Fisch schnitt oder den Zucker mit den Fingern nahm. Ich gab mir zwar alle mögliche Mühe, ihnen ihre albernen, gezierten Manieren beim Essen und Trinken abzugucken, obwohl solche Dummheiten eigentlich eines Philosophen unwürdig sind; aber das half alles nichts. Ich habe zu wenig Talent zum Affen! – Am Abend pflegte dann Fräulein Gabriele oder eine von den Komtessen etwas Französisches oder Englisches vorzulesen. Natürlich kann ich Englisch und Französisch – ich lese jedes Buch. Aber wenn diese Damen vorlasen, verstand ich kein Wort, solch eine verrückte Aussprache hatten sie. Das war mir natürlich einigermaßen unangenehm. Aber ich hätte mich gern über solche Kleinigkeiten hinweggesetzt, wenn mich nicht auf Schritt und Tritt diese verwünschte Reinlichkeitsmanie verfolgt hätte. Morgens, mittags und abends hieß es: ›Befehlen Sie nicht vielleicht warmes Wasser zum Waschen?‹ oder: ›Sie werden sich gewiss ein wenig zurückziehen wollen, Herr Doktor, um etwas Toilette zu machen?‹, oder ›Schwimmen Sie nicht? Wir haben kaum ein Stündchen von hier einen sehr hübsch tiefen See‹, und so weiter und so weiter.

Am zweiten Morgen weckte mich der Diener, um mir zu sagen, dass das gewünschte warme Bad bereit sei. Es half mir nichts, ich musste hinein. Stellen Sie sich vor: innerhalb vierzehn Tagen zwei Mal! Und außerdem musste ich mich doch noch täglich waschen, denn ich musste fürchten, dass der Diener es dem Grafen hinterbringen würde, wenn das viele, viele Wasser unbenutzt blieb. Am dritten und am vierten Tage polterte der Kerl auch richtig wieder mit seiner großen Sitzwanne herein und erkundigte sich immer eindringlicher, ob ich auch heute noch kein kaltes Bad vertragen könnte. Es war, um aus der Haut zu fahren, wenn ich mir nicht schon wie aus der Haut gefahren vorgekommen wäre!

Hatte ich bisher noch eine leise Hoffnung gehabt, dass diese Wasserwut ein Erbübel der gräflichen Familie, und meine Heloise als Philosophin über ein so kleinliches Vorurteil erhaben sei, so schwand auch die, als ich eines Tages mit der Frau Gräfin allein blieb, und sie mir Fräulein Gabrieles Lob in allen Tonarten zu singen begann. Und da erfuhr ich denn zu meiner schmerzlichen Überraschung, dass gerade sie es gewesen war, welche die Reinlichkeit als vornehmstes Erziehungsprinzip aufgestellt und damit diese sichtbaren, außerordentlichen Erfolge erzielt hatte. Sie glaubte auch an Jägers Seelentheorie und behauptete, einem jeden Menschen seine sämtlichen Tugenden und Laster anriechen zu können. Ein so gescheites Weib – unfasslich! Und am fünften Tage meiner Anwesenheit nimmt mich der wackere Graf mit sich in sein Zimmer, bietet mir eine vorzügliche Zigarre an und eröffnet mir darauf Folgendes: Fräulein Gabriele habe an meinem Geiste ein so großes Gefallen gefunden, dass sie sich wohl entschließen würde, über den Mangel auffallender Körperschönheit hinwegzusehen. Sie habe sich immer nichts Besseres gewünscht, als einmal die Gattin eines stillen Gelehrten zu werden, dessen Lebensarbeit sie bei ihrem reichen Wissen zu folgen und vielleicht gar zu fördern imstande wäre. Sie kenne meine dürftige Lage und sei bereit, das Ihrige mit mir zu teilen. Sie habe sich in den achtzehn Jahren, die sie in seinem Hause zugebracht, ein ganz hübsches Sümmchen gespart und außerdem noch eine ganz angenehme Erbschaft gemacht, so dass wir zwei bei bescheidenen Ansprüchen wohl damit unser Auskommen hätten, zumal wenn wir beide noch durch Schriftstellerei etwas verdienten. – So weit war alles sehr schön, und mir war so selig zumute, als hätte ich das große Los gezogen. Aber nun kam das große Aber. Der Graf fuhr fort: ›Fräulein Gabriele ist nur in einem Punkte etwas eigen – Sie gestatten mir, ganz offen zu reden. Sie hat mich natürlich nicht beauftragt, Ihnen das zu sagen; aber sie hat mit meinen Damen davon gesprochen, und auf diesem Umwege habe ich es wieder erfahren. Also ganz unter uns Männern, *sans gêne et compliment*: Sie hat nämlich eine sehr feine Nase, Fräulein Gabriele, und da glaubt sie zu bemerken … da fürchtet sie gewissermaßen, ah, wie soll ich mich ausdrücken? – Ich meine – das heißt sie meint: Sie wären vielleicht ein wenig – wasserscheu! Nun, mein Gott ja, hehe – es ist eben nicht jedem Menschen angeboren – und Sie haben ja auch nicht Fräulein Gabriele zur Gouvernante gehabt. Aber glauben Sie mir, es ist riesig gesund, es hält Leib und Seele zusammen – zum Beispiel diese kalten Abreibungen morgens. Mein Diener sagte mir, Sie hätten seine Hilfeleistung bisher verschmäht – das sollten Sie wirklich nicht tun, mein lieber Herr Doktor!‹ Und dann erzählte er mir eine lange Geschichte von seinen vergangenen Leiden und wie alle gewichen seien, seit er auf Fräulein Gabrieles Betreiben sich die täglichen Sturzbäder angewöhnt hätte. Und zum Schluss nahm er mir das Versprechen ab, dass ich von morgen an auch damit beginnen wolle. Unter dieser Voraussetzung dürfe ich sicher darauf rechnen, dass mir meine Heloise ihre schöne, weißgewaschene Hand nicht versagen werde. – Können Sie sich meine Aufregung vorstellen! Die ganze Nacht durch tat ich kaum ein Auge zu und fror mehr denn je unter der dünnen Steppdecke.

Ich lag schon seit einer halben Stunde wach und klapperte in banger Erwartung mit den Zähnen, als der grimme Friedrich mit seinen Marterwerkzeugen in mein dämmeriges Gemach hineinschlich. Ganz leise rollte er die Wachstuchdecke auf, postierte den Blechzuber genau in die Mitte und den Wassereimer rechts daneben. Dann trat er an mein Bett heran und räusperte sich. Vergeblich versuchte ich, mich schlafend zu stellen, um die Exekution noch ein wenig hinauszuschieben. Er hatte mich vorher schon blinzeln sehen und sagte nun mit eisiger Ruhe: ›Herr Graf haben angeordnet, dass der Herr Doktor heute doch ein kaltes Bad wünschen.‹ – ›Jawohl, lebhaft!‹, schrie ich ihn an und fahre mit dem Mute der Verzweiflung mit beiden Beinen gleichzeitig aus dem Bette. Was tut man nicht, um ein Weib mit Geist und Vermögen zu erringen! – Ein Ruck, und hüllenlos war das zerbrechliche Gefäß meines Geistes den Augen dieses Sklaven preisgegeben. Sind diese Aristokraten nicht eine schamlose Gesellschaft, denen so was zur täglichen Gewohnheit werden kann? Ich biss die Zähne aufeinander und nahm in dem weißen Zuber Platz. Kaum aber hatte mein Körperliches den kalten Blechboden berührt, da schoss auch schon der eisige Wasserfall über mein Haupt hinweg. Der Atem verging mir, das Herz trat mir in die Kehle, und alle meine Muskeln kontrahierten sich so plötzlich, dass ich, wie von einer gewaltigen Feder emporgeschleudert, aus der Wanne herausflog. Ich wollte um Hilfe schreien, aber die Stimme versagte mir. Ich wollte fliehen, hinaus in die Wälder, über die russische

Grenze vielleicht, wo es doch noch fühlende Menschen gibt. Aber der Friedrich, dieses Ungeheuer, hielt mich fest, wickelte mich in das Frottiertuch ein und schrubbte mich ab mit der Erbarmungslosigkeit einer Köchin, die einen Aal bei lebendigem Leibe schindet. Ich war fertig, hin, schachmatt – aber mein Entschluss war gefasst. Nie wieder – und könnte ich mir dadurch eine königliche Prinzessin zur Gemahlin erwerben! An allen Gliedern zitternd, kroch ich in meine Kleider hinein, und dann hinaus, fort aus diesem unheimlichen Hause, auf Nimmerwiedersehen! Dem frech grinsenden Friedrich, der mir im Garten begegnete, rief ich zu, ich wollte vor dem Frühstück noch einen kleinen Spaziergang machen. Und dann, als ob der Tod mit der Hippe hinter mir her wäre, nach dem Bahnhof. Am Tage vorher hatte mir Joelsohn glücklicherweise den Rest von dem Reisegelde geschickt. Es langte gerade noch zu einem Billett vierter Klasse bis nach Berlin. Ich kann Ihnen sagen, ich dankte meinem Schöpfer, als ich wieder in meinen kahlen vier Wänden saß!« –

»Alle Wetter!«, sagte ich, nachdem ich mich einigermaßen gefasst hatte. »Man sollte es nicht glauben, dass es dergleichen noch gibt. Sie sind ja ein Idealist … oh verzeihen Sie, beinahe hätte ich gesagt: vom reinsten Wasser!«

Dieses ist die wahrheitsgetreue Geschichte des Reb Obertiner, genannt Robert Biener, so wie er sie mir geschenkt hat.

Dekadente Erzählungen

Im kulturellen Verfall des Fin de siècle wendet sich die Dekadenz ab von der Natur und dem realen Leben, hin zu raffinierten ästhetischen Empfindungen zwischen ausschweifender Lebenslust und fatalem Überdruss. Gegen Moral und Bürgertum frönt sie mit überfeinen Sinnen einem subtilen Schönheitskult, der die Kunst nichts anderem als ihr selbst verpflichtet sieht.

Rainer Maria Rilke Die Aufzeichnungen des Malte Laurids Brigge **Joris-Karl Huysmans** Gegen den Strich **Hermann Bahr** Die gute Schule **Hugo von Hofmannsthal** Das Märchen der 672. Nacht **Rainer Maria Rilke** Die Weise von Liebe und Tod des Cornets Christoph Rilke

ISBN 978-3-8430-1881-4, 412 Seiten, 29,80 €

Erzählungen aus dem Sturm und Drang

Zwischen 1765 und 1785 geht ein Ruck durch die deutsche Literatur. Sehr junge Autoren lehnen sich auf gegen den belehrenden Charakter der - die damalige Geisteskultur beherrschenden - Aufklärung. Mit Fantasie und Gemütskraft stürmen und drängen sie gegen die Moralvorstellungen des Feudalsystems, setzen Gefühl vor Verstand und fordern die Selbstständigkeit des Originalgenies.

Jakob Michael Reinhold Lenz Zerbin oder Die neuere Philosophie **Johann Karl Wezel** Silvans Bibliothek oder die gelehrten Abenteuer **Karl Philipp Moritz** Andreas Hartknopf. Eine Allegorie **Friedrich Schiller** Der Geisterseher **Johann Wolfgang Goethe** Die Leiden des jungen Werther **Friedrich Maximilian Klinger** Fausts Leben, Taten und Höllenfahrt

ISBN 978-3-8430-1882-1, 476 Seiten, 29,80 €

Erzählungen aus dem Sturm und Drang II

Johann Karl Wezel Kakerlak oder die Geschichte eines Rosenkreuzers **Gottfried August Bürger** Münchhausen **Friedrich Schiller** Der Verbrecher aus verlorener Ehre **Karl Philipp Moritz** Andreas Hartknopfs Predigerjahre **Jakob Michael Reinhold Lenz** Der Waldbruder **Friedrich Maximilian Klinger** Geschichte eines Teutschen der neusten Zeit

ISBN 978-3-8430-1883-8, 436 Seiten, 29,80 €